JN323858

# 結婚願望

山本文緒

角川文庫
13158

# はじめに

私は子供の頃から結婚願望が強かった。

どうしてなのか、今でもよく分からない。特別幸せな家庭に育ったわけでも不幸な家庭に育ったわけでもないし、両親にもまわりの大人達からも「大人になったら必ずや結婚すべし」やら「結婚が女の幸せ」などと叩《たた》き込まれた覚えもない。

なのに、私は一刻も早く結婚したかった。

その意志は、高校生の頃にはかなり明確になっていた。

十代の私が思い描いていた未来は、だいたいこんな感じだった。

大学の四年間で、自分にはどんな仕事が向いているか考えて、学校を出たらちゃんと就職して働き、経済的に自立する。そして二十代の半ばには、友達のようにつきあえる気のいい男の人と結婚する。仕事は辞めない。子供はつくらなくてもいい気もするけれど、できてしまったら一旦《いったん》仕事は辞めるかもしれない。でも、いずれはまた働く。夫とは互いを尊重しあい、いざという時は支えあって、死ぬまで仲良く暮らしていく。

なんてご立派だったんだ、十七の時の私。

当たり前だが、現実はそんな自分の都合のいいようには運ばなかった。

でも、当時はそんな鼻持ちならない甘い将来設計を「なんて私は謙虚なんでしょう」と大真面目に思っていたのだ。というのは、ほんの十年から二十年前には、まだ「夫は妻を養うもの」という常識がまかり通っていて、玉の輿《こし》なんて言葉も死語ではなかったからだ。

自分の食い扶持《ぶち》ぐらいは自分で稼ぐ、という今では平凡とも言える程の考え方を、十七の私は画期的だと思っていたのだ。そして、それをエサに結婚相手を釣り上げようという腹もあったように思う。

とにかく私は、一刻も早く結婚したかった。

父親のかわりに生活費を出してくれる人がほしかったのではなく、赤ん坊を生みたかったのでもなく、ただ誰か他人を一人、自分用に独占したかった。

その願望は二十代の前半に頂点に達し、そして私は二十五歳の時に、ほぼ自分の望み通りの結婚をすることができた。

しかし、その結婚生活は数年で崩壊し、今私は独身である。一人暮らしももうずいぶんと慣れてきた。

こう書いてみると、最近よくある話だと気づく。

ほんの少し前までは、女は二十五までに結婚しないと行き遅れと言われ、離婚なんかしようものなら出戻りと後ろ指をさされたものなのに、今や離婚は特にハンディにはなっていない。世の中はものすごい速さで変わっているのだ。

そして、世の中と同じように（あるいは、引きずられるようにして）私自身のものの考え方も変わってきたように思う。

結婚願望は、あいかわらず私の中にある。

でもそれは、若い頃とはずいぶんと形を変えた。

当たり前すぎて恥ずかしいけれど、失敗から学ぶことは多かった。

結婚したい、なんて思うことは、考えてみればかなり図々しいことだ。

つきあっている男の人に向かって「誕生日にはシャネルのバッグを買ってほしい」とか、「クリスマスには湾岸のホテルのスウィートを予約してほしい」と言う方が、まだその日一日だけという点において謙虚かもしれない。

結婚してほしいなんて「私以外の人と一生恋愛しないでね。私や私の親が病気になったら親身になって看病してね」と言っているようなものかもしれないと、最近私は思うようになった。

ずいぶんひねくれたものだ。

そして、そんなふうに考えてゆくと、人を好きになる、ということも結構図々しいことだと思える。

誰かを異性として特別好きになると、その人となんとかして親しくなりたくなって、あれこれと口実をつくって連絡をとって、運良く二人だけで食事なんかするところまでこぎつけると、今度は食事だけではあきたらなくなって、手をつなぎたくなってキスしたくなって、それ以上のこともしたくなってむずむずしてしまう。そして最終的には「私があなたに興味をもっているのと同じくらい、あなたも私に興味をもって」という願望を相手にぶつけてしまうことになるのだから、まったく図々しいにもほどがある。

食事の段階で止めておけば、もしかしたら一生仲良しのままでいられたかもしれないのに、いつだって礼儀正しい人間関係を邪魔するのは恋愛感情であり、それに伴う独占欲である。

人が人を独占してはいけないし、実際しようと思っても不可能である。

未来永劫《えいごう》、家族として、一番近しい人として助けあって生きていこうねなんて誓ったところで、そんなものは空約束だ。

だが、そんな不確実で不毛なものだと分かっていても、人は人をものすごく好きになると「結婚したい」と願うものだ。

いわゆる普通の結婚という形でなくても、別居して入籍だけはしたいとか、入籍はしなくても一緒に暮らしたいと願うことは、形はどうであれ同じことである。

そのエネルギーは、私は図々しくも素晴らしいものだと思う。

若い時の恋愛結婚は、沈むわけがないと信じきって豪華客船に乗りこむようなものだ。けれどある程度年齢がいけば、もうみんな「タイタニックは沈むもの」と知っている。なのに、やはりそれに乗ってみたいという願いは消せないでいる。

図々しくてもなんでも、人は人を好きになる。

そしてその感情をほどほどのところで止めておけない人間を、私は愚かで愛《いと》しいと思う。

賢く生きても、どうせ船は沈むのだ。

女性も男性も、するにせよしないにせよ、誰でもが生きている間何度かは「結婚」という壁にぶつかり深く思い悩むものだろう。

何百年も前から現代に至るまで、人はその問題で悩み続け、驚くことにまだ誰にも打開策らしきものが見つけられないのだ。

私もその壁に何度もぶつかり、満身創痍《そうい》の身である。

いつもはそれを小説という形で婉曲《えんきょく》に表現しているのだけれど、最近その壁に正面衝突することが減ったように感じて、この隙に小説よりストレートな形で結婚について考えてみようという気になった。

またいつかその壁が一人では乗り越えられないほど高くそびえ立ち、私の行く道を遮るような予感がして仕方ない。

だから、自戒もこめつつ、この機会に本にまとめてみようと思ったのだ。

無性に結婚したくて仕方ない方や、結婚なんかとんでもないと思っている方、結婚していることや結婚していないことに何かしらの意味がほしい方に、楽しんで読んで頂けたらと思います。

# 結婚願望＊目　次

## 2章　三十代の結婚願望　51

# 1章　二十代の結婚願望

# 恋愛の先にあるもの

お見合いというものを、一度だけもちこまれたことがある。

正確な歳は覚えていないが、あれは二十代の前半だった。とにかく、私が一刻も早く結婚したいと思っていた時期である。

ある晩、知り合いから頼まれたからとりあえず渡しておくよと、突然母親が私に見合い写真と釣り書きを差し出したのだ。

その時の感想といえば、あまりにも失礼なのだが「うわ、もてなさそうな人」というのが正直なところだった。

写真はたぶんその人の自室で撮ったのだろう普通のスナップで、小太りで眼鏡をかけた男性がセーター姿で写っていた。歳は三十代の真ん中あたりで、仕事は医療関係だった。趣味の欄にルービックキューブと書いてあって、もう一度写真を見ると、なるほど背後に写った棚の上に、きちんと色のそろったルービックキューブが置いてあった。

「どうして私のところにきたわけ？」

思わず母親に尋ねたのは、あまりにもその人と自分とでは住む世界が違うと感じたからだ。結婚どころか友達になるのも難しそうだった。

「仕事が忙しくて女の人と知り合う機会がないんだって。そろそろ身を固めないとならないから、若い娘がいる家に配ってるらしいよ」

母は他人事《たにんごと》のように言った。

「遠慮しとく」

私がそう言って写真を返すと、母は「あっちだって遠慮するだろうよ」と嫌味を言うのを忘れなかった。確かにその通りだった。私が彼に対して一片の興味も抱かなかったように、その実直そうな人が私のようなチャラチャラした女に興味を覚えるとは思えなかった。

そう、私は結婚をしたかった。その男性も結婚をしたかった。けれど、私と彼の思い描く結婚の形は、一見似ているようでも金星と火星くらい違っていた。

その頃の私は、お見合いで結婚相手を捜すという感覚が分からなかった。だいたい見合い写真を配るとは何事だ、と思った。誰でもいいにも程があると腹さえ立った。

だって、結婚ってものは、恋愛の先にあるものなんじゃないの？

私はそう信じて疑っていなかった。

そしてまた、恋愛とは結婚の前にあるもの。つまり、結婚を前提にしない恋愛なんて、その当時の私には考えられなかった。結婚したくないような人と恋愛するなんてありえないと思っていた。

その見合い写真を見せられた時、私にはつきあっているボーイフレンドがいたし、もちろんその人と結婚する気でいた(言うまでもないができなかった)。私はそのルービックキューブ君を、恋愛できない可哀相な人と決めつけ憐《あわ》れんだりもしたのだ。

今思うと、なんて愚かだったのだろう。そんなふうにしか他人をとらえることができなかったなんて。

憐れだったのは、どちらかというと私である。

その頃の私の結婚観は、真面目といえば真面目だが、重いといえば重い。そして、一見誠実そうに見えても、中身はそれはそれは狡猾《こうかつ》だったように思う。

最初の結婚をしたのが二十五歳の時で、それまでに何人かの男の人とおつきあいをしたけれど、今思ってみると、どの人とも別れた理由が「結婚してくれないから」あるいは「結婚したくなくなったから」だった。

たとえば独身の男の人と知り合うと、この人は私が望むようなつきあい方をしてくれるかどうか、私が望むような結婚をしてくれるかどうか、○か×をつけていた。これが打算でなくて何なのだろう。

そんなんだったら、見合いの方がよっぽどまともなやり方だ。

ルービックキューブ君は、今どうしているだろうと思う。

眼鏡をかけている人が私は好きだし、小太りな感じも嫌いじゃない。見合いをする男性が全員専業主婦を望んでいるという偏見めいたものも今はない。年齢差もずいぶん上でもずいぶん下でも、それはそれで面白いと思えるようになった。今頃惜しくなったというわけではないが、私も歳と共に守備範囲が広がったので、今なら彼の事情をもう少し想像することができる。

彼は結婚したかったのだ。本当に忙しくて女の人と知り合う機会がなかったのか、単にもてなかったのかは分からないが、彼が結婚をしたかったのだけは確かだ。

どうして結婚したかったのかというと、身を固めたいとか、家事をやってくれる人を得て仕事に集中したいとか、跡継ぎがほしいとかいろいろ事情はあったかもしれないが、要するに幸せになりたかったからではないか。

今より幸せになりたいから結婚したい、という気持ちは私も同じだった。一刻も早く幸せになりたくて、結婚したかったのだ。

友人の中に何人か見合いで結婚した人がいる。統計をとったわけでもインタビューをしたわけでもないので、これは単なる私の感想なのだが、見合い結婚した人はその後ずっと平穏に暮らしているように見える。

やれ浮気だのセックスレスだの別居だの離婚だの騒いでいるのは、カーッと燃えるような恋愛をして結婚にもつれこんだカップルが多いように感じるのは気のせいだろうか。

## 不純な年代

見合いの話は置いておいて、まずは恋愛結婚のことを考えてみることにする。

二十代の恋愛は結婚に直結しやすい。二十代の男女が相思相愛でつきあっていたら、よほど「私は誰とも結婚はしない」という固い意志を持っていないかぎり「この人と結婚をしたらどうかな」と意識するはずである。

十代であったり、二十代でもまだ前半であったりすると、結婚なんてずっと先のこととして、つきあっている相手が「結婚するのはちょっとな」という感じでも、今が楽しければそれでいいやと気楽に思える。

しかし社会に出て、二十代の階段を上がってゆくにつれ、つきあっている相手の素行を「結婚するかも」という想像に照らし合わせてしまい、友達だったら気にならないどうでもいいことがいちいち気になって、イライラしたり落ち込んだりして恋愛のダークサイドを見ることになる。

そして二十代後半から三十を越えて、それが半ばになってくると、また不思議と男の人とつきあうのが気楽になってくるというケースが多いように私は思う。何故ならば「別にこの人の妻にならなくてもいいんだ」と思えてくるからだ。相手が貧乏だろうが浪費家だろうが、田舎がどこであろうが長男だろうが、結婚しないのなら大した問題ではない。

そういう意味で、二十代の恋愛は、なかなかそう純粋にはなりきれない。

つきあっている相手の仕事や将来性や、どんな家庭で育ってどんな価値観をもっているのか、まさか親と同居する気なんじゃないかとあれこれ気になる。でもそれは当たり前のことだ。もし、その相手と結婚するのであれば、諸条件がこちらの人生にも大きな影響を及ぼすのだから、気にしない方がおかしい。

女性がそうして男性を査定しているように、男性の方だって「この子はちゃんと料理はできるか、金銭感覚はどうか、思いやりはあるか」などと、なに食わぬ顔をして観察しているのだ。

そしてお互いにいろいろな利害が一致し、一致しない部分も「この人と家庭をつくるためなら譲歩してもいい」と思えた時、二人は結婚に至るのである。

この過程が三ヶ月だったり、二、三年だったり、十年かかったりするのはそのカップルによるだろう。そして多くの人は、この人と結婚するのは運命だったと思ったりするものだ。

私の場合は、運命どころか天が与えて下さった奇跡だと思った。こんなにも理解しあえる(=利害の一致する)人が世の中にいて、一億人以上いる日本の中で知り合って、しかも相思相愛になったなんて奇跡としか思えなかった。その奇跡に私は心から感謝していたし、好きな男の人と結婚できて本当に幸せだった。

その気持ちには、嘘や偽りはなかった。

けれど、今冷静に振り返ってみると、結婚相手に巡り合ったことを奇跡とか運命とかいうのは大袈裟《おおげさ》だったなと思う。ただ結婚したい盛りの男女が出会って、共通の友達も多くて、いろいろ話題も合って、お互い家から自立したくて、一応社会人にもなっていたのでここらで結婚してみるか、という、ありふれた話にすぎなかった。もちろん相手のことが好きだから結婚したのだが、どうしてもその人でなくてはならないということもなかったのだ。

たかが二十数年で出会える異性の数は、想像以上に限られる。極端なことを言うと、クラスの中でどの子か一人を選んで結婚しなければならない、というくらいの狭い範囲で、人は恋愛や結婚の相手を選んでいるのだと思う。

そして、そんな狭い範囲の中からでも、案外気の合う相手を見つけられるものだし、クラスの中にどうしても気に入る男の子がいなかったら（あるいは、クラス中の男の子が誰も気に入ってくれなかったら）、隣のクラスに行けば一人くらいは相思相愛になれる相手を見つけられるものなのかもしれないと思う。

赤い糸は一本ではなく、一本切れたらまた次の糸をたぐりよせられるのが、二十代の恋愛だと私は思う。

もちろん二十代でも、打算のまざらない恋愛や、計算のない結婚をする人はいる。そういう人は何かしらに恵まれているのだと思う。それは生活の心配がない経済力だったり、生活の心配なんかしない心そのものの純粋さだったり、自己犠牲をいとわない献身的な性格だったりとかいうものだ。

しかし大抵の人間はそんなに恵まれてはおらず、小さく臆病《おくびょう》で弱いものだと私は思う。微力な者同士が力を合わせて生きていこうとするのが結婚で、それはとても普通で自然でたくましくもあるなと私は思う。

## 恋愛体質の不幸

人間には恋愛体質の人と、そうでない人がいる。

改めて言うほどのことじゃないだろうと思うかもしれないが、意外に恋愛体質の人は、世の中に「生きていく上で恋愛はさほど重大なことではない」と思っている人がたくさんいることを実感できていないように思う。

たとえばそれは、いつも同年代の友達と渋谷《しぶや》あたりで遊んでいる少女達には、日本橋に大勢のサラリーマンがいたり、巣鴨《すがも》に大勢の老人がいることを実感できず、日本には若い女の子が多いと感じていることと同じだ。

さらに言えば、甘いものが大好きで毎日のようにコンビニでケーキやアイスクリームを買っている甘党の人には、一年に数回しかケーキを食べない私の味覚がよく分からないに違いない。私は甘いものが嫌いなのではなく、甘いものよりも塩辛いものの方が好きだというだけだ。それでもたまに、少しだけ甘いものが食べたくなる時もあるし、人から頂いたり、誰かと食事をした時に成り行きでデザートを食べることはある。

それと同じで、恋愛体質でない人も、一生のうち何度かは恋愛をする。しかしその回数は、恋愛体質の人には考えられないほど少ない。

私は若い頃かなり恋愛体質だったので（味覚の方は辛党だが）、そのことに気がついたのは三十歳を越えてからだった。それまでは恋愛体質でない人を、心のどこかで「もてない可哀相な人」と思っていた節が正直あったのだが、今は「恋愛をしなくても充実し、安定して生きていける人」として、本当にうらやましく思っている。

恋愛はすごくいいものだ。けれど、すごく疲れるものでもある。

誰か男の人を好きになって、相手もまんざらではない感じで、ちゃんと事前に待ち合わせの日にちと時間を決めてデートして、まだよく知らない相手の食べ物の好みを聞いたり、子供の頃の思い出話なんかを聞いたりする時は、本当に恋愛っていいなあと思う。

そういう相手がいない時でも別に仕事に支障はないし、それはそれで毎日気楽で楽しいのだが、ふいに好きな男の人ができていい感じになってくると、自分がやはり恋愛体質であることを実感する。

定期的に連絡をとりあって、昨日あった出来事と明日の予定を互いに報告しあったりすると、少なくとも世の中に一人は自分の日常に興味をもってくれる人がいるのだと感じて嬉《うれ》しくなる。平凡な表現だが、日々の暮らしに張りが出る。面倒くさい風呂場《ふろば》のカビ掃除だって、嫌々ながらそれをやったのだと報告できる相手がいるだけでだいぶ違う。

しかし、恋というのは、はかないものである。見知らぬ他人だった二人がある日偶然出会い、お互いに興味をもち、デートをしたり互いの部屋に泊まったりして日々を過ごしてゆくうちに、だんだんと相手が「よく知っている人」になってくるのだ。よく知っている人の日常は当然よく知っているわけで、いちいち昨日は何をしていたか明日は何をするのか聞かなくなる。デートも万障繰り合わせてというわけではなくなり、両方の時間の都合がつく時にメシを喰《く》う、というデートとは呼べない状態になって、そして恋は終わるのだ。で、しばらく恋人がいない気楽な日々を過ごしたあと、また誰かを好きになって振り出しに戻る。

なんか不毛である。

そして何度かこういうことを繰り返してきて気がついたのだが、世の中にはそういう不毛な繰り返しをしない人が大勢いるのだ。それこそが恋愛体質でない人である。彼らは一度か二度か多くても三度目くらいの恋愛で「もう、おなかいっぱい」になるんだそうだ。デートが新鮮だった恋人が、よく知っている人になっても、つまらないとは思わないのだ。デートがただのメシの時間になっても、そこに安らぎを見いだすことができるのだ。

そう考えると、穏やかに特定の相手と長く関係を持続させていく能力をもっているのは、非恋愛体質の人の方なのだ。恋愛体質の人は、好きな人と念願かなって結婚しても、二人の関係がスイートでなくなった時点で、また甘い恋愛というケーキに飢えて、ちゃんとしたご飯ではなく、むなしいカロリーばかりを摂《と》り続けていくことになる。どこかでやめる決心をしなければ、体も心もいつか壊れてしまうだろう。

## 若くして結婚

この歳（これを書いている時点で三十七）になって、もし自分が恋愛体質でなかったら、ずいぶん人生違ったよな、とため息まじりに思う。

たとえば十代から二十代前半にかけて、私が勉強らしいことをひとつもせず、本も全然読まず、ただ恋人とチャラチャラ過ごしていた時間に、恋愛体質でない人が何かしら有意義なことをしていたのかと思うと、ちょっとキリギリスの気分である。

でもそれは「もし自分がアレルギー体質でなかったら」と思い悩むことと似ていて、つらいことではあるが、現実として受け入れていかなければならないし、過去のことをあれこれ悔やんでも仕方ない。

それにやはり恋愛は素晴らしいものだ（不毛だと言ったばかりだが）。

若い時の恋愛は、とにかくお互いが子供だし、お金はないし、馬鹿だし、わがままだし、その結果喧嘩《けんか》ばかりして、膨大な時間とエネルギーの無駄遣いをしたように思う。

けれど、十代の終わりに本格的な恋愛をした時、親に帰宅時間や無断外泊を咎《とが》められて、私は生まれてはじめて「親なんかいらない」と思うことができたのだ。あれは本当に画期的な出来事だった。

そんな親不孝な、と思う方は、残念ながら精神的に親から離れられていない方かもしれない。

映画『タイタニック』でヒロインが「グッバイ、マザー」と言い残して、恋人と沈みかかった船に残るシーンがあるが、あれは典型的な親からの自立シーンであると思う。

家族よりも、そして自分よりも大切だと思える他人ができたら、それが恋である。もちろんその感情は永遠ではないし、自分より他人が大切なんていうのは、おためごかしもいいところなのだが、ただ一瞬、今持っているすべてのものを捨てる気になるという経験は、子供から大人への第一歩であると私は思う。

確かにその時は親に迷惑をかけた。はじめての恋愛に舞い上がっていた私は、親に心配をかけて怒られて叩《たた》かれても、何度も無断外泊をした。親になんか嫌われたって構わない。友達だっていらないと思った。

もちろん勉強どころではなく、恋人と一緒にいる時以外は、常に上の空だった。

今思うと、ものすごく幼稚で愚かだった。そのとき通っていた学校の学費や衣食住は親が面倒をみてくれていたのだから、どう考えても間違っているのは私である。それに親も、勝手なことばかりをする娘に対する怒りと共に、純粋に心配もしていたのであろう。それは今本当に申し訳なく思っているのだが、それでもやはり、あれは大きな通過儀式だったと思えてならない。

その後、親との関係は復旧したが（だがあれ以来親は私にどこか不信感を抱いていると思う）、両者の間には確実に距離ができた。互いに孤立した個人だということを身にしみて知ったのだ。だから親と私は、礼儀正しい関係をもつことができるようになった。今は昔とは別の意味で、親には心配と迷惑をかけてはいけないと心から思う。

その恋人とは結婚できなかった（してもらえなかった）のだが、あのエネルギーをもったまま結婚してみたかったなと今でも思う。まあ、たぶんすぐ離婚していただろうけど。

私は若いうちに結婚するのは、すごくいいことだと思う。

まだ恋愛の駆け引きや、他にもっといい人がいるのでは、という邪念が生まれる前に「この人しかいない」という一点の曇りもない感情をもって結婚に突っ走ることができるのは、ある限られた年齢までだ。

それに早く結婚すれば、子供が生まれても手が離れるのが早いし、こんなことを言うのはなんだけれど、駄目そうならさっさと離婚して、いくらでもやりなおしができる。

若くて愚かなことは、全然悪いことではない。若くて愚かだからこそ、絶壁からダイブするように結婚に飛び込んでほしいものだ。

## つきあう、ということの不思議

さて、普段私達は「つきあう」という言葉を何気なく使っているけれど、人と人が（恋愛関係として）つきあうというのはどういうことを指すのだろうか。

たとえば、中学二年生の女の子はどうだ。

バレンタインデーに勇気を出して好きな男の子にチョコレートを渡してコクった（恋愛感情を告白することを今時の子はこう表現するらしい）ら、彼もその子を憎からず思っていて「つきあおう」ということになった。で、二人は学校から一緒に帰って友達にひやかされてみたり、日曜日には時々映画を観に行ったりして、そういう時は手なんかつないじゃったりしていい感じだったが、中学を出てお互い別の学校に進学したらなんとなく疎遠になってしまった場合。

彼らはつきあっていたといえるだろうか。いえる気もするし、いえない気もする。

たとえば、遠距離恋愛はどうだ。

つきあいだしたばかりのラブラブな二人に青天の霹靂《へきれき》。彼の方が転勤になってしまって、どう頑張っても二人は月に一度くらいしか会えない。でも最初のうちはお金と時間を融通して「会いに行く」という行為が新鮮で、まあまあいい感じだった。電話だって毎日のようにして、会社のパソコンでこっそりメールのやり取りもしていた。しかしいつしか、たった月に一度の逢瀬《おうせ》なのに、互いの万障を繰り合わせるのが面倒になってきて、今では半年前に会ったきり。電話もなんだかそっけない。でも別れようとはどちらも言い出さないのは、他に好きな人ができたわけでもないし、という場合。

彼らはつきあっているのだろうか。かつては確かにつきあっていて、そのあと別れ話をしたわけではないのだから、つきあっているといえないこともない。でも断言するにはやや苦しい。

たとえば、セックスフレンドな二人はどうだ。

二人はその辺の居酒屋かなんかでたまたま知り合って、酔った勢いでベッドイン。お互い独身だし、他に特定の恋人もいなかったことから頻繁に会うようになった。つきあうとかつきあわないとかいう前にやることをやってしまったし、その後も会うたびにやっちゃっている。

最初の頃は、事に及ぶ前に食事をしたりドライブしたりデートらしきものもしてみたが、結局二人はただやりたいだけなので、次第に会って十分もたたないうちに服を脱ぐようになった。そして最初の頃は事に及んだあと、いろいろと話をしようとしてみたが、仕事で知り合った相手でもないし、共通の友達がいるわけでもなし。あまり会話も弾まず、今では事に及ぶ前の助走も、事のあとのクールダウンもほとんどなくなっている。でも二人はなんとなく会い続けているという場合。

彼らはつきあっているのだろうか。潔癖な人は「そんなの恋愛じゃない」と言うかもしれないが、おおらかな人は「そういうのもアリなんじゃない」と言うかも。

たとえば、不倫な関係はどうだ。

彼は彼女よりだいぶ年上で妻子あり。彼女はまだ若く、上司である彼から仕事でも食事代でも助けてもらうことが多い。上司は自分の家庭を大事に思っているが、まだ老け込むほどの歳でもないので機会があれば外で恋愛したいと思っていたところに、いい具合に部下にかわいい女の子がいて、彼女の懸命な仕事ぶりと初々しさに心動かされてしまった。彼女の方はもちろんその上司と結婚できないことは分かっているが、彼に自分の稼ぎでは入れないレストランで食事をご馳走《ちそう》してもらったり、たまに自分のアパートでベッドに入るのはそれはそれで楽しいし嬉《うれ》しい。でも、ひそやかに独身のボーイフレンドを検索中である場合。

彼らはつきあっているといえるだろうか。いえるような、いえないような。もうどっちでもいい。

このように、つきあってるんだかいないんだか、という男女関係は世の中に非常に多く、恋愛関係というものはかくも曖昧《あいまい》なものだ。

ある特定の相手とその親密な交際を、これからも続けていこうとお互いの意志が一致した時に「つきあっている」という関係が発生するのだとしたら、どちらか一方がその意志にぐらつきを覚えただけで、二人の関係は壊れてしまうことになる。

それに比べて結婚は、なんてはっきりした関係なのだ。

意志がちょっとぐらついたくらいでは、結婚は壊れない。それを壊そうと思ったら、ものすごく面倒なことになる覚悟を持たなければ結婚はなかなか崩壊しない。

しっかりしたものが好きな人には、結婚は向いている。

でも、落としても落としても割れない頑丈なコップに、少しの苛々《いらいら》と恐怖のようなものを感じるのは私だけだろうか。

## 曖昧な関係がこわい

そう考えると、自分が二十代の前半、何故ああもやみくもに結婚したかったのか、少し分かってきた。

私は曖昧な関係がこわかったのだ。

最初の本格的な恋愛でカーッと盛り上がった時「私の恋愛の邪魔は、たとえそれが親であっても許さない」と傲慢《ごうまん》にも思ったわけだが、それは両親の子供であった自分から脱した瞬間だった。まあ、親はいつまでも親で、私が彼らの子供であることは一生変わらない事実ではあるのだけれど、そうして親離れしたあと、私は誰ともつながっていないただ一人ぼっちの人間になった。

もちろん友達はいたけれど、友人関係というのはある程度距離をおいた関係をさす。

「私達、一生友達でいようね」なんて釘《くぎ》をさすようなことを言う人は、もうすでに友達ではないように思う。友人関係というのは、もっと自然で自由度の高いものだと私は思う。

友達論はまたあとにするとして、ここでは恋人の話である。

今まで一番親しかった人（親）の手を振り払った瞬間、私はものすごい不安に襲われたのだ。

親離れしたって、突然大人になれるわけではない。まだ心は幼稚なままで、誰か親身になって助けてくれる人がほしくてたまらなくなった。

あんなに口うるさかった両親は、私が就職したとたんに何も言わなくなった。帰宅時間はもちろんのこと、外泊も旅行も許可ではなく報告で行けるようになった。これはたぶん親側の「子離れ」なのだろう。

そうして本当に自由になったら、情けないことにものすごく心細くなってしまったのだ。うっかり浮き輪なしで海に泳ぎ出してしまったようで、不安で不安でたまらなかった。だから私はすぐにでも、結婚をしたかったのだろうと思う。

人間誰しも明日はどうなるか分からない。今日は相思相愛でも、明日彼は私でない違う人を好きになるかもしれないし、自分だっていつ心変わりをするか分からない。心変わりどころか、人間いつどんな事故や病気で死ぬか分からないのだ。

友達同士が「私達ずっと友達よね」と念を押すのが嘘臭いように、恋人同士だって「私達一生愛しあっていこうね」なんて言いあうのは、その場しのぎの不安解消に他ならない。

けれど、というか、だからこそ、私は結婚をしたかった。

守れない約束であることは十分承知している。でも、嘘でいいから「一生別れない」前提の下で、誰かとつながっていたかったのだ。

社会というのは大海原で、親の庇護《ひご》という生《い》け簀《す》からそこに泳ぎ出た私は、心の底から不安だった。まだ新人ＯＬだった私には経済力という舟もない。生け簀でしか泳いだことがなかったので荒波の中を進む体力もない。どこまでも広がる海の向こうにあるものを夢見る精神的余裕もない。かといって生け簀にはもう戻りたくない。だから私はせめて浮き輪がほしくて、男の人と恋愛をしていたのだと思う。

そして恋人同士という子供の浮き輪みたいな頼りないものではなく、嵐がきても流されないしっかりしたブイであるところの結婚をしたかった。

結婚さえしておけば、彼が転勤になってもついていける。公式の場に二人で堂々と出ていけるし、彼の浮気も正面きって怒ることができる。

あらゆる曖昧さがこわかった。そして不安とのつきあい方が分からなかった。

結婚をしたら曖昧さがなくなり、不安も解消すると思っていたのだ。その間違いに気づくのは、もっとずっとあとのことだ。

一人ぼっちだから不安なのではなく、自分が何も持っていなかったから不安だったのだ。

精神的、経済的な安定を自分ではなく他人に求めたら、今度はその他人が去ってしまう不安に震えなければならない。

そんな簡単なことも若かった私には分からなかったのだ。

## おばさんになる前に

自己弁護するわけではないが、二十代前半で社会という大海原を悠々と泳いでいける人は少ないだろう。

私の同年代の友人は、みんな「せめて三十歳までには結婚したい」と言っていて、それ以外の言葉は私の耳には届かなかった。みんなもきっと同じ不安を抱えていたのだと思う。

三十歳は私の世代（というか、私が当時かかわっていた世界）にとってはデッドラインだった。三十を越えたらもう結婚できないに違いない、とせっぱ詰まったものがあった。

その当時、会社の上司とお酒を飲んでいたら、彼が三十代で未婚で働いている女性を名指しして「憐《あわ》れだねえ」と言うのを聞いた思い出がある。ものすごく大きな反感と同時に、私も早く結婚しなければ、こうやって人から憐れまれるんだと、ぞっとしたことを今でもよく覚えている。

それで思い出したのだが、その上司に私はこうも言われた。

「もし君が十年ここに勤めたら、君にも係長の肩書きをあげなきゃならないんだよなあ」仕事の手際の悪い私に注意を言い渡したあと、彼はため息まじりにそう付け加えたのだ。

今の私がそんなことを言われたら「誰がくれって言いました?」と瞬時に言い返せるが、そのとき私は入社して一年目で、自分の会社が具体的にどういう業務をしているのかすらもよく分かっておらず、与えられた小さな仕事(というか作業)でさえもろくにこなせていなかったので「やな感じ」と心の中で思うだけが精いっぱいだった。

それに、彼が名指しで批判した三十代の未婚女性は、まさに係長の肩書きをもっていて、なのに何も仕事らしいことができていなかった。新人の私からみても、ろくな仕事をしていないのに文句だけは一人前で、多くの人から疎んじられ「あんなんだから結婚できなかった」と言われていた。その上司は、ああならないようにしろよ、と親切にも警告してくれたとも言える。

それはバブル絶頂時の金融業界の隅っこでの出来事だ。ちゃんと誇りをもって仕事をしている女性もいたのは確かなことだが、私の目に映るのは「企業のお人形さん」ばかりだった。

若くてきれいで、会社の言うことをなんでもハイハイと素直に聞いて、にっこり笑ってコピーでもお酌でもする女の子が重宝がられていたが、アンドロイドじゃないんだからそういう子もやがては歳をとる。景気がよかったその頃、会社は若くなくなって素直でなくなった女の子でも無理に辞めさせはしなかったが「結婚して辞めた方が幸せだよ」と肩を叩《たた》いてささやき、次々と若くてきれいで素直な女の子を採用していった。

ここには長くはいられない、と私は思った。

そして「若くなくてきれいじゃなくて素直じゃなくても一人前に働いている女の人」を見たことがなかった私は、おばさんになる前に結婚しなければとせっぱ詰まってしまった。身近でおばさんになっても一人前な仕事をしている人は、会社に出入りをしていた保険の外交員の女の人だけだった。新人社会人だった私には、あんな大変な仕事はとてもできないと後込《しりご》みした。あと私の目に触れるのはパートタイムでヤクルトを売りにくる人や、清掃をしにきてくれる人だけだった。

若くなければ誰も結婚してはくれない、結婚できなければ保険のおばさんになるしかない、と幼稚な私にさらに幼稚な知識がインプットされたのだ。

当時、私が一番こわかったことは「自分をみじめだと思うこと」だった。

歳をとることだけは、どう努力しても免れない。私もいずれはおばさんになる。おばさんになってしまう前に、結婚をしなければならなかった。おばさんになっても結婚さえしていればみじめではないと思っていた。

若かった私には若さしか持っているものがなかったし、誰も「十年二十年と長いスパンでできる仕事を見つけろ」とは教えてくれなかった。

## 恋愛ビッグバン

教えてくれなかった、という物言いがすでに甘えていることは承知しているが、やはりここ十年ほどで本当に時代（とそれに伴う価値観）は変わってきたと思う。

企業にはもうお人形さんを雇うゆとりがなく、女の子の方もただのお人形さんではいい仕事も、恋愛もつかめないと分かってきた。経済的安定を約束されていたはずの一流大学出の男性も、リストラの名の下に一度乗った企業という船から突き落とされる時代だ。年代性別を問わず、自力で泳がなければ溺《おぼ》れるだけだ。誰も助けてはくれない。

だから私より一世代下の人達には、もう私が世の中からすり込まれていた「若いうちに結婚しなければみじめだ」というような感覚はあまりないだろう。私もやっとそんな馬鹿馬鹿しい呪縛《じゅばく》から逃れられてほっとしているところだ。自力で泳いでいくのは大変だが、他人の助けをあてにしないと決めたら、不安はあっても精神的にはすごく楽になった。今思えば、社会に出たばかりの頃は分からないことばかり、できないことばかりで、ただパニクッていただけだった。

ところでいきなりだが、あなたはパフィーを知っているだろうか。説明の必要はないかもしれないが知らない方のために簡単に言うと、歌ってよし、しゃべってよし、CFに出てよし、の今時のかわいい女の子二人組である。

私は彼女達の肩の力がぬけたスタンスや、どこか投げやりな感じが好きで、テレビでも見るし雑誌に記事が載っていれば読んだりする。そのパフィーの片方の女の子が同年代のミュージシャンと結婚した。関西出身の二人は仲がよさそうでお似合いで、彼らの結婚を非難する人は少ないだろう。彼らの結婚からは「一刻も早く幸せになりたいから」というようなせっぱ詰まったものは感じられない。いい友達の関係が進んでいって恋人となり、その関係がまたバージョンアップして結婚に至ったという印象がある（しかし後に彼らは離婚に至った。人の事情というものは印象からでは本当に分からないものである）。

このエッセイを私が書きはじめた時点では、まだパフィーの二人はどちらにも公には恋人がいるとは言っていなかった（なにせ私の筆が遅いので）。そして某雑誌で彼女達が「今、結婚したくてしょうがない」と発言していて、それに私はすごくびっくりしたのだ。

記事の内容はこんな感じのものだった。パフィー二人の間では今結婚流行《ばや》りで、できれば二人で同時期に結婚して、同時期に子供も生んで、一緒に公園デビューしたいそうである。どこまで本気でどこから冗談だかは分からないが、結婚したい理由に「今ものすごく忙しくて心の拠《よ》り所《どころ》がほしいから」と言っていたので、あながち全部冗談ではないように感じた。

もう、おばさんモードに突入して久しい私は、そんなにかわいいのだから何も二十代の前半に結婚することはなかろう。仕事もせっかくのってきたところなんだから、結婚なんかもっとずっとあとでもいいじゃないかと思ったのだが、それこそがもう古い考え方なのかもしれない。

今はもう、結婚・離婚が何かしらのペナルティーになる時代ではない。やや乱暴な言い方だが、結婚したければ結婚して、駄目なら別れてまた誰かと結婚してもいいのだ。

そして彼女達はこうも言っていた。二十五までに嫁にいかないと、それから三十まではたぶんどうでもよくなると思うと。

賢い今時のお嬢さん達は、自分達の結婚願望が一過性のものであることが、ちゃんと分かっているのである。女には一人で泳ぎ続ける力はないのだから、誰かの船に乗せてもらわなくてはならないと暗にすり込まれていた時代とは、やはりもう根本的に考え方が違うのだ。

とてもよいことだとは思うが、何にでも弊害というものはある。

よっぽど特殊な人を除いて、誰にでも「結婚したいな」と思う時期は周期的にやってくる。女の結婚適齢期が二十四までと世間で言われていた頃は、表向きその〝結婚したい病〟にかかるのは二十代の乙女だけで、三十越えたら「あの人は結婚できなかった」と過去形で切り捨てられ、本人もあきらめて開き直ったりしたものだが今は違う。

いくつになっても結婚していい時代に、私達は生きているのだ。

法律は結婚可能年齢の下限は定めているが、上限はない。昔はお年寄りになって結婚したりすると、息子や娘や孫から「恥ずかしい」と言われたようだが、今は八十になったって九十になったって恋愛したり結婚したりしても、誰も必要以上には驚かなくなった。

恋愛ビッグバンというか結婚ビッグバンというか、バブル崩壊と共に昭和の時代にあった結婚の価値観も消滅し、いつのまにか年齢の鎖がほどかれて人々は自由になった。

と、いうことは。

恋愛したい気持ちや結婚したい気持ちは、一過性の風邪をひくようなものだと私は思う。しかし恋愛ビッグバン後、以前は建前上若い娘にしか発病しなかったはずの〝結婚したい病〟に、生きているかぎりずっと襲われる可能性がでてきたわけだ。

結婚願望病は、一度かかったら免疫ができて二度とかからなくなる麻疹《はしか》とは違う。

現代に生きる人はいくつになっても事あるごとに、仕事がきつくて心の拠り所がほしかったり、逆に仕事がつまらなかったりしたとき、体が弱ったときや心が空虚になったとき、何度もその病にかかる運命にある。

二十代が終わったからといって、結婚願望から逃れられるかというと、そうではなくなったのだ。それは幸せなことでもあり、ある意味つらいことでもあるなと思う。

# 2章　三十代の結婚願望

## どうでもよくならない

くどいようだが本当にちょっと前までは、女性も男性も三十歳を越えて結婚していないと「あの人独身なのよ」と陰でささやかれたものなのに、今や三十代で独身なんて、若い男の子のロン毛くらい珍しくなくなっている。お国やマスコミは(私もそのマスコミの一部なんだろう)女性の高学歴化と社会進出だの、大人になりきれない若者文化の反映だの、終身雇用制の崩壊の影響だの、いろいろ分析しているようだ。どれも当たっているようでもあり、ピントが外れているようでもある。

とにかく「二十九歳のうちに結婚しなければならない」という風潮は(都市部では)ほとんどなくなったと言えるだろう。

結婚はもう、急いでしないでいいものになった。

子供を生める年齢も相当上がってきたし、なにしろ結婚しないで子供だけ生もうという人にさえ、世論はそう厳しくなくなってきている(世論は厳しくなくても現実は厳しいが)。

年齢なんか関係なく結婚したい時が適齢期で、無理をしなくても結婚する時は自然と結婚するもの。だいたい結婚するもしないも、そんなことはもう重要なことではなくなった。そういう世の中になったのだから、なんかもうノープロブレムって感じなのだが、では実際自分やまわりにいる人達を見てどうかというと、そんな晴れがましい顔をしている人は少ない。

まず、意外にいないのが、いわゆる独身主義者である。

仕事は一生していくつもりだし、自分で車もマンションも買った。友人にも恵まれ、やさしい恋人もちゃんといるという、逞《たくま》しく麗しい女の人を私は何人も知っているのだが、彼女達も何故か時々弱気になって「いい人がいたら結婚してみたいな」ともらすことがある。今の自分の生活に大満足をしていて「たぶんもう結婚しないよ」とさっぱり言い放つ女の人には、残念ながらなかなか会えない。

私も「そのうち仕事が一段落して、その時いい人がいたら結婚するのもいいかも」なんて、甘っちょろいことを実は考えていたことをここに告白しよう。

というのは、数年前に、当たると評判の手相観さんに手相を見てもらう機会があり、その方がふと「五十二歳で結婚するかも」と小声でもらしたとき、自分でもびっくりするほど嬉《うれ》しかったのだ。

それが当たるか外れるか、私がその手相観さんの言葉を信じるか信じないかは実はどうでもいいことで、すごく驚いたのはこんなにも恋愛や結婚に対してひねくれてしまった私なのに、まだ「結婚＝嬉しいこと」と反射的に思ったことだ。

嬉しい反面、やや自分に失望した。

私は五十を越えてもまだ王子様（もう王子でなく、じいやだな）を待っているつもりなんだろうか。そんなの御免である。

けれど、本当にこのまま独身でいて、死ぬ時に悔いが残らないだろうかと私は自分に問うてみる。

イエスと、はっきり言い切れない。

今は仕事もうまくいっていて、特に病気もしていなくて、両親も歳はとってきたが概《おおむ》ね健康で、数は多くなくても親しい友人がいて、親しさの深度は違うが幾人かのボーイフレンドにも恵まれている。

けれど仕事がうまくいかなくなって、病気でもして、親がこの世を去った時、私は絶望しないだろうか。特に私のようなあやふやな仕事だと、いくら努力してもある日突然きっかけもなく収入が激減するケースがたくさんある。いつ自分がそうなっても不思議じゃない。その時には、仕事関係の知人だけではなく、友人の多くも一斉に去ってゆくだろう。

それを無情だと嘆いているわけではない。人間の魅力とはそういうものだ。

そういう日のための保険で、私の中から結婚願望が消えないのだろうか。もしそうならば、それは二十代の時のものと大して変わらないではないか。

二十代の時のようにせっぱ詰まってはいない。今現在、誰かと結婚したいとは正直言って思わない。

けれど、机の引き出しの奥にしまったきり忘れていた古い万年筆のように、それは捨てられずに確かに存在する。

どうして人は、こうも結婚願望から逃れられないのだろうか。

## どうしてそんなに結婚したいか

人は、どうしてそんなに結婚したいと思うのだろうか。

パフィーの「心の拠《よ》り所《どころ》がほしいから」という発言は、確かに平凡ではあるが、納得できる理由ではあるように思う。

ではまだ未婚の方のパフィーちゃんがものすごく孤独かと考えると、まあこれは私の勝手な想像だがそんなことはないと思う。親も友人もいるだろうし、実はステディな恋人だっているかもしれない（実際後に、彼女は結婚し子供も生んだ）。仕事は私のような一視聴者から見ても大変そうだけれど、それなりの充実感や有形無形の報酬があるに違いない。先がどうなるか分からない仕事だとはいえ、今や大手企業も簡単に倒産する時代だから、そういう点では芸能人も会社員もあまり変わらないだろう。

けれど結婚した方のパフィーちゃんは、今確実に心の拠り所を持っているだろう。なぜ結婚なのか。結婚でなければ、本当の心の拠り所は得られないのだろうか。

結婚がいいことばかりではないことは、私達はもうよく知っているはずである。二十代も後半になってくれば、友人知人の誰かしらが離婚しているのではないか。それでも、母親がうちの子にかぎってと肩をもつように、自分の結婚だけは違うとみんな信じているのだろうか。

結婚をするということは、自分の人生の大きな部分をそのパートナーに委《ゆだ》ねざるを得ないわけで、それは現実的にかなりの自由な時間を失うことにもなる。子供がいない最小単位の夫婦でも、結婚したからには何もかも自分の勝手を押し通すことはできない。なぜならば二人はもう他人ではないからだ。

たとえば、結婚している知人の多くが、正月を憂鬱《ゆううつ》だと言っている。それは本来ゆっくり休めるはずの休日なのに、夫の実家や妻の実家に顔を出さなければならないからだ。日帰りできる距離ならまだしも、新幹線や飛行機でまる一日かかるような場所だったら、時間もさることながら、かなりな額（夫婦二人でグアムにでも行けたような）のお金を使わなければならない。

どちらかの親兄弟や親戚《しんせき》が病気になったり亡くなったりした時は、身内であるかぎりはそう知らん顔もできないし、もし自分の家族がそういうことになった時、配偶者が仕事や他のことを優先させたら、なんという冷たい人だと思うだろう。いざという時に頼りにならない人だとガッカリするだろう。

これが結婚をしていないカップルだったとしたら、事態はずいぶんと違う。二人は「仲のいい他人」なのだから、仕事や自分の生活に差し障りのない範囲で、相手の親兄弟の問題なんかはフォローすることになる。正月は二人で過ごそうが、それぞれの実家に帰ろうが、他の友人と海外旅行に行こうが自由であるし、罪悪感も持たないですむ。

しかし、結婚をしたとたん、社会はその「勝手」を私達から取り上げる。

家庭というのは、夫婦二人でつくる会社みたいなものである。同じ目的や営利を求めて二人で築き上げていくものだ。親夫婦というのは、まあ親会社とまで言わないけれど、独立まで世話をしてくれた会社である。恩やら義理を感じるのが普通だろう。

個人には許されても、会社という組織には許されないことがある。

たとえば、夫の浮気。妻の浮気。それは重大な背信行為である。

結婚をしていようが、人であるかぎり恋をする心は誰にも止められないし、恋をする自由というものは誰にでもあると私は思う。

けれど、結婚をして家庭という会社を運営していくと決めることは、大袈裟《おおげさ》に言えば二度と配偶者以外の人と恋をしないと公に宣言することだ。恋をしたとしても、誰にも知られないように秘密裏に処理するという決心を持つことだ。

私はそれほど正義感が強いわけではないし、このご時世に不倫を認めないと言いたいわけではない。

けれど、結婚をしているのに誰か別の人とつきあうことは、いろいろ事情があろうとも、どう言葉できれいに取り繕おうとも、裏切りであることは間違いない。

裏切ることが悪いというよりは、裏切っているという自覚を持つべきだ。そうすれば何かしらの罰を受ける覚悟も自然と持てる。

そんな大袈裟な、と思う人は結婚をしなければいいのだ。何も結婚をしなくても、好きな人と暮らすことはできるし、子供をつくることだってできるだろう。今はそんな世の中だ。

でも、ほとんどの人は〝いい人さえいれば〟結婚をしたいと思っている。

やめたくなったらすぐにやめることができるアルバイトではなくて、義務や責任や忍耐を背負うことを承知で会社を運営したいと思っている。

私達は本当は、自由よりも束縛を求めているのではないだろうか。

# 結婚はいいもんだ

否定的なことばかりを書いておいてこんなことを言い出すのは何だけれど、私は個人的には結婚はいいものだと思う。

そこは檻《おり》でも墓場でもなく、パラダイスとまでは言わないけれど、考えようによっては居心地がよく、そこそこやり甲斐《がい》のある場所だ。たとえ話に夢がなくて申し訳ないが、結婚というのは「田舎の中小企業」みたいなものだなと最近私はよく思う。

地方都市の小規模なものだって、ひとつ会社を設立するとなればいろいろ大変である。資金の問題やら、取り引き先への挨拶《あいさつ》やら、登記やら、税金対策やら、考えなくてはならないことが山のようにあるだろう。

数ある問題をとりあえずクリアして、共同経営者と共に会社を立ち上げたその時、誰でもが希望に満ちているはずだ。それと同じように、どんな結婚も最初はまっすぐに幸福を目指している。

そしてたとえば十年後、よほど無謀なことをせず大きなトラブルもなかったその会社は、全国的には無名でも安定して少しずつ利潤をあげ、不況のあおりを食らうことがあっても少ない従業員に給料とボーナス、二年に一度くらいは慰安旅行を与えることができる会社に成長しているだろう。

仕事はルーティン。取り引き先もあいかわらずで、日常的には大した変化はないかもしれない。けれど、退屈だからといって、急に大きな借金をして無理に事業を広げたりしたら、十年かかって安定させた会社をつぶしてしまうことになるかもしれない。

共同経営者や従業員のことを考えたら、ちょっと退屈になったくらいで会社をつぶしていいわけがない。それに自分がやりたくてはじめた会社なのだし、築いてきたさまざまな人間関係に愛情もあるはずだ。

結婚というのは、そんな感じでどこか不自由でも、自分がやっているのだという責任感と充実感、かかわってきた人々との連帯感と信頼関係があるものだと思う。

そういう意味で、結婚はいいものだ。

自由に恋をする権利を捨て、自由に使っていたお金や時間を放棄してもあまりあるメリットがそこにある。メリットという言い方が気に障るのなら、幸せと置き換えてもいい。

独身者には独身者の幸せ（メリット）が、既婚者には既婚者の幸せ（メリット）がある。

だいたいもっと単純な話で、結婚式と入籍、という事態がもし自分の身に起こったら、と考えると、一度失敗している私でさえ、かなりうっとりしてしまう。

他の人はどうなのか分からないけれど、私は男の人が言う「好き」の最上級は「結婚してほしい」だと思う。さすがに今はもう「愛してないから結婚してくれないのね」などとは思わないし、最上級の愛情を他人に要求したり受け入れたりすることが、必ずしもいいこととは限らないことを知っている。所有することだけが愛情ではない。

けれどやはり誰かにプロポーズされたら受ける受けないは別にしても、嬉《うれ》しいことは確かだと思う。

結婚をしたいほど好かれている、という事実ほど、その人個人の存在を肯定するものはなかなか他には見つからない。

仕事で認められたり、容姿を誉められたり、自力でマンションを買ったりすれば、それは大きな自信になる。けれどそれは、能力がある、という点においてである。

他人が結婚をしてくれる。これから先の人生、健やかなるときも病めるときもそばにいて、家族として助けあって生きていこうと他人が誓ってくれるというのは、能力が選ばれたのではなく人格が選ばれたということだ。

人格がはっきりと肯定される瞬間というのは、意外と少ないものだと私は思う。

人は基本的には孤独なものだけれど、うまくいっている結婚は人が宿命としてもっている孤独を一時的であれ、忘れさせてくれるものなのかもしれない。

## 結婚に至らない理由

さてもう少し話を具体的にしてみよう。

私のまわりには私も含めて独身の人が多い。よく会う友人のほとんどは独身だし、仕事関係の人も、意識しているわけではないが独身の人の方が頻繁に会っているようだ。既婚者を避けているつもりはないが、やはり話題的にもだんだん合わなくなるし、子供が小さかったりすると、私のような呑気《のんき》な独り者と遊んでいる場合ではないのだろう。

それと、これは私の大きな偏見かもしれないが、結婚している女の人の多くはなんとなく独身者に対して「偉そう」である。この件に関してはあとで考えるとして、ここではいくつか「いい人がいれば結婚してみたいが、いまだ結婚に至っていない人」の例をあげてみることにする。

まず、学生時代の友人Kは、歩く結婚願望みたいな人である。

彼女は知り合った時から今に至るまで、ずっと「結婚したい」と言っている。会えば必ず話題は結婚のことになるし、年賀状には毎年「今年こそ」と書いてある。そして、初対面の人には「私、結婚したいと思ってるんですけど、いい人いませんかね」と告知しておくことも忘れない。「あんまり結婚願望ってないんだ」という発言の方がどちらかというと格好いいとされている今、ここまで自己開示できる彼女を私は本気で尊敬する。けれど彼女もいつのまにか三十七歳になった。私が彼女と知り合って二十年近く、彼女は結婚相手を捜し続け、そして今も捜しているのである。

まあ、これだけの話で彼女自身に何か重大な問題があるのでは、と誰もが疑うだろう。重大かどうかは分からないが、決定的に彼女を縁遠くしている理由はある。

それは、彼女がとても幸せで、かつ結束の固い家族をもっていることだ。彼女の家は自営業で、私も何度かお邪魔したことがあるのだが、おばあちゃんもお父さんもお母さんもお兄さんも、お兄さんのお嫁さんも庭の犬までもがものすごく愛想がよく、互いに仲がいいのである。

お客さん慣れしている彼らは「うちのK子がお世話になってます。遠慮しないでたくさん食べてたくさん飲んで泊まっていってくださいね」というノリなのだ。親切にして頂けるのはありがたいことだけれど、彼女の家に行くと必ず家族の誰かが同席していて（親戚《しんせき》や親戚の子供なんかがうじゃうじゃいる時もある）決して彼女と二人きりにはなれない。

まあ私は同性だからいいが、つきあいの浅いボーイフレンドにこれをやったらちょっとびびると思う。

話は違うけれど、子供のいる友人にあまり会いたくない理由のひとつにそれがある。私は友人にだけ会いたいのに、小さな子供のいる友達はいつも子供とセットでやって来る。私はその子とは友達だけれど、その子の家族とは友達ではないのである。たまにならいいが、いつもそうだと会うのが憂鬱《ゆううつ》になってくるのだ。冷たい考え方かもしれないが、そう思うのだから仕方ない。

で、Kの話に戻るが、思ったことを正直に言ったら彼女はあっさり「うん。びびられてる」と認めたのだ。つまり彼女はいつも、親しくなった男の子を早いうちに家族と引き合わせて自分の家族と打ち解けられるか試しているのだ。そして、びびるような男は最初から落第なのである。

彼女は明るいし面白いし人なつっこいので、私が知っているかぎりでも過去何人か恋人がいたし、言うまでもなく見合いは二桁《けた》こなしている。でもいつも「またふられた」と言っていて、私は彼女の話を鵜《う》呑《の》みにしていたのだが、どうやらふられていたのではなく、こちらから「この男は婿には向かない」と切り捨てていたようなのだ。

彼女に家を出る気はない。私が言わなくても、ずいぶんたくさんの人に「一人暮らしでもしてみたら」と暗に家を出ることを勧められている。そして実際、彼女は大学の四年間家を出て一人暮らしを体験しているのだ。それでかえって、家族のありがたみを実感してしまったという皮肉な結果になっている。

彼女はお婿さんをもらおうとは思っていないと言う。もし、本当に好きな男の人ができたら家を出て、どこに移り住んでもいいと言う。けれど、彼女が「実家のそばに住んでくれない男」を好きになるとは思えない。

そんなに自分の家族が好きなら、もう結婚しなくてこのままでいいじゃん、と他人事《たにんごと》なので私は思う。彼女は以前会社勤めをしていたのだが、今は家の商売を手伝っている。商売を継ぐことになっている心やさしいお兄さんもそのお嫁さんも、ずっとこの家にいていいよと言ってくれているそうだ。

けれど、やはり彼女は結婚したいらしい。彼女の夢は、ハンサムでもエリートでなくてもいいから、自分を愛してくれて、自分の家族にうまく解け込んでくれる人（お兄さんのお嫁さんのように）と結婚して、子供を生んで、いずれは孫に囲まれて死ぬことだそうだ。

うまくいっている家族というのは、この世の大きな幸せのひとつだと思うので、彼女が特別わがままで愚かなことを言っていると私は思わない。けれどやはり、彼女の結婚への道のりは遠くて険しいだろう。

だが、彼女が理想の人生を送れないとは誰にも断言できない。実際彼女のお兄さんはそれを実現させているのだから。

どんな女の子でも、ハードルを低くすれば結婚相手などいくらでも見つかるものだ。けれど、Kのハードルの位置は昔から変わらず明確である。それこそをアイデンティティーと呼ぶのかもしれないと思う。

## 結婚か同棲か

Kはやや特殊な例だったので、次はよくありそうな例をあげてみる。

タマは三十になったばかりのよく働く女の子である。今気がついたのだが、三十代になった女性をつかまえて「女の子」は失礼かもしれない。でも今は三十代でも未婚だと、人によってはまだまだ「若い女の子」として通るし、それが自然になってきた気がする。

とにかく彼女は働き盛りだし、体力も精神力も充実していて徹夜明けに仲間と遊びに行くのも平気である。将来への不安はあるし、仕事もいいことばかりではないけれど、好奇心と希望に溢《あふ》れたタマは毎日とても楽しそうである。しかし、どんな充実した毎日を送っていても、三十路《みそじ》の彼女の心は微妙に揺れ動いたりするのだ。

タマには数年つきあっているステディな彼がいる。話を聞いていると、忙しい時でも時間をやりくりして会っているようだし、長い休みには旅行にも行っているようである。喧《けん》嘩《か》して険悪なムードになることも時折あるが、概《おおむ》ねいい関係は続いているようだ。

しかし彼らの仲は、いつまでたっても結婚に向かう様子はない。どちらかが渋っているのだろうと思って尋ねてみたら、これがとても微妙な話だった。

表向きには結婚を渋っているのは彼の方だ。彼は「できることなら一生結婚したくない」というポリシーの持ち主だそうで、それに対してタマは「そのうち誰かと普通に結婚したいし、いずれは子供もほしい」と思っている。結婚したいなら独身主義の男なんかとつきあうな、という意見もあるだろうが、男の人と親しくなった時に最初から「あなた結婚する気はあるの？」と問い質《ただ》す人の方が変である。それに独身主義の男の人にも恋愛する権利はある。

もしタマが前出のKのように、ものすごく明確で頑固な結婚願望を抱いているか、タマ彼が「オレは絶対一生結婚しない」というはっきりした独身主義者だったら話はもっと簡単だったろう。しかし、彼の主張はこうだった。婚姻届は出したくないけれど、彼女と一緒に暮らしたい気持ちはあるんだそうだ。それに対しタマは「それはずるいんじゃない」と思うわけである。彼は紙切れ一枚に縛られるのは嫌だと考え、彼女はそれをおいしいとこ取りの責任逃れだと考えるわけだ。

それを聞いて、他人事の私はどちらが正しいかということよりも、結婚制度の不思議について結構考え込んでしまった。今の日本の法律は、約五年同棲《どうせい》すると内縁の権利が発生して実質上「妻の座」がもらえ、五年別居すると、どちらか一方が申し立てれば離婚が成立するという案を導入するということが検討されているそうだ。

極端な話をすれば、もしタマが彼の主張を受け入れて婚姻届を出すことは断念し同棲生活をはじめたとしても、五年一緒に暮らしたら婚姻届を出したのと同じような責任が彼サイドに発生し、そしてタマの主張が通って婚姻届を出したとしても、彼が五年間同居を拒んだらその結婚はほとんど無駄になる可能性がある。

しかし、問題は五年後の話ではなくて、二人がどういう形でスタートするかということだ。いや、その前に「今うまくいっている二人」が、どちらか自分の主張を曲げてまで新しいスタートをきる必要があるかどうかだ。

そのうち成り行きでなんとかなる、というのが、タマと彼と私の三人の共通した意見である。消極的ではあるけれど、ある日タマが煮詰まるとか、どちらかの親が倒れるとか、どちらかが転職するとか、何かしらの外的要因が今の二人のバランスを崩すまで待つしかないように思う。

私的には、ある日タマの前に彗星《すいせい》のごとくナイスな新しい彼が現れて、なだれ込むようにゴールインというパターンになるといいなと密《ひそ》やかに願っている。

タマ彼の、おいしいとこ取りの責任逃れ的な主張は、私にも同じような部分があるので、分からないでもない。たぶん彼は責任をとるのが嫌なのではなく、責任をとる自信がないのではないかと思う。しかし、それではいつか恋人は去ってゆくだろう。それを引き止めたい気持ちが無意識に働いて「結婚に似た同棲」ならしてもいいと言ったりするのかもしれない。

## シェルター暮らし

さて今度は自分の話である。

私の本を何か読んでくださった方はいろいろ事情をご存知《ぞんじ》かもしれないが、私は一度結婚を経験しているので「いい人がいれば再婚してみたいが、再婚には至らない人」である。

これを書いている時点で一人暮らしも五年になる。若い頃にもっていた、ものすごく強い結婚願望はさすがにない。自分で言うのはこっぱずかしいが、まさに「一人暮らし満喫中」である。なのに「このまま一生ひとりでいいや」と明るく宣言できる境地には達していないし、これからも達観することはないように思う。

一人暮らしをしている友人知人に話を聞いてみると、だいたい同じような心境になっていることが分かった。結婚経験の有無にかかわらず、一人暮らしが長ければ長いほど、女性は縁遠くなっていくような気がする。それは単純に、年齢がいけばいくほど相手の選択の幅が狭くなるからだと思うが、それだけとは言い切れない。

とにかく一人は楽なんである。食事もお風呂《ふろ》も寝る時間も、その日の気分で好きな時間に好きなように変えられる。その逆に、人に邪魔されることなく、ものすごく規則正しく生活することもできる。出かける時に行き先や帰宅時間を言わなくて済むし、同居している人の行き先と帰宅時間を気に病む必要もなくなる。

あと、一人だといくらでも好きなだけ泣けるというのがいい。人によっては悲しい時は誰かにそばにいてもらいたい人もいるだろうが、私はできることなら人目を気にせずボロボロ泣きたいのだ。それを実感したのは、十七年飼っていた猫を亡くした時で、実家ではみんな泣きたいのをこらえていたのでそうおおっぴらには泣けず、もちろん道端や電車の中では泣けず、自分の部屋に帰ってやっと「ここなら誰も見てないし誰も来ない」と安心し、電話を留守電にして思う存分泣いたのだ。猫の写真を抱いてガーガー泣きながらも、一人きりの空間のありがたさを実感した。普通人は泣いている人を見るとおろおろするし「泣きやめよ」と腹がたったりするだろうが、泣いている本人は案外けろっとしたもので、私の場合は泣いておいた方があとですっきりすると分かっているから意識的に泣いている。だから悲しい時は一人にしてほしいのだ。

一人きりの自分の部屋は、人の目から自分を守るシェルターだ。

だから友人やボーイフレンドを招くことはあっても、誰にも合鍵《あいかぎ》は渡さない。ものすごく忙しい時やものすごく疲れた時、誰とも口をききたくない時、私は電話も留守電にしてシェルターに閉じこもり、回復するまでじっと身を潜めている。他人と暮らすというのは、私にとってそのシェルターを失うことだ。

そんなに自分一人の部屋が大切なくせに、私は時折「誰かと結婚したいかも」という気持ちになる。今のところその「誰」が明確でないせいもあるだろうけれど、仕事が一段落してほっとした時や、また何か動物を飼いたいなと思った時に、そう感じるようだ。これはどうも「落ち着きたい」とか「地に足をつけたい」という感情の現れなんじゃないかと自分では思う。もちろん一人でも地に足をつけて暮らすことは可能だと思うが、やはり今の私ではそれは難しそうだ。

ここ数年、私はとにかく身軽になることばかりをよしとしてきた。何度かの引っ越しにあたって古い荷物を大量に捨てたし、人間関係も整理した。実家で暮らしていればいいのに無理をして部屋を借りたのも、両親と彼らをとりまく事情に必要以上はかかわりあいになりたくなかったのと、どうやら私は人よりも「誰とも口をききたくない時間」が異常に長いようで、そういう時に話しかけられたくないからだった。

仕事はフリーなので、リスクを覚悟すれば嫌な仕事は断ることができる。いつどこへ行こうと自由だし、行きたくないところや会いたくない人には会わないで済む。部屋は賃貸なのでどこへでも越していける。長く外国に行くことも可能だ。

夢のような生活ではある。それは本当にそう思う。けれど、これで地に足をつけたいったって、そりゃあ無理である。

何からもどこからも自由、ということは、何にもどこにも属していないということである。この心もとなさというのは、思ったよりもずっと大きいプレッシャーになっている。つまり自由は軽いものでは決してない、と自由になってはじめて知ったのだ。

まわりにいる同じような仕事をしていて、一人暮らしの長い年上の女性達を見ていると、やがて誰もがマンションを買ったり、犬や猫を飼ったり、同棲《どうせい》をしたり結婚をしたりしている。そうして自分の足に「責任」という重りをつけないことには、自由という大波にさらわれてしまうからなのかもしれない。

けれどまだ私は、気が向いた時にいつでもどこへでも行ける、という状況に未練があって、やはり「責任」が伴う結婚には踏み切れそうもない。

だから、淋《さみ》しくても私は一人でシェルターの中にいて、どこかに私に責任感を持たせてくれる男の人はいないもんかと、甘ったれたことをぼんやり考えているのだ。

## 結婚をはばむ最大の壁

三十代女性が結婚に至らない要因はこの他にもいろいろあるだろうが、結婚をはばむ最大最強の壁は不倫だと思う。

最初に言っておくが、私は既婚者との恋愛が悪いと思っているわけではない。その逆に、不倫というのは恋愛のおいしいところやその醍醐味《だいごみ》が味わえる、キング・オブ・ラブだと思うくらいだ。

ただ、結婚している男の人には気をつけなければいけない。無防備な不倫は、いつのまにか心や体や、人生の中の大切な時間を摩耗させる。

女性の方が既婚で男性が独身の場合（あるいはダブル不倫）はあとにするとして、ここでは一番世の中に多いと思われる、独身女性と既婚男性のケースを考えてみたい。

不倫といっても人にはそれぞれ事情というものもあって、ライトなものからディープなものまでさまざまだ。

若いうちは不倫もライトで、年齢がいってくるとドロドロになりそうだという印象を持っている方が多いだろうが、私は実は逆ではないかと思うのだ。

若いうちの不倫は、深刻になりやすい。

何故ならば、恋愛に求めるものが多く、その上それは死活問題だったりするからだ。

前述のように、若くてまだ仕事歴も浅く、経済的にも精神的にも余裕がない時は、そのストレスを恋愛によって解消しようとする場合が多い。恋人に会える時間を心の支えにして、つらい仕事や人間関係をこなしていくのだ。

その恋人というのがすでに結婚している人だった場合、恋に落ちたばかりの頃は「私達は愛し愛されている」と確信を持てても、次第にストレスを解消してくれるはずの恋愛そのものがストレスになってくる。愛し愛されているはずの相手はなにしろ結婚していて、内情はどうであれ、表向きは「妻を一番愛している」ことになっているのだから。

さて、そもそもどうして結婚していることが分かっている男性を、好きになったりするのだろうか。

前出のKなどは結婚願望があまりにもはっきりしていたので、既婚者は最初から問題外で、年齢が上がってくるに従って既婚者の誘いを受けるようになってきていたが、食事どころか彼女は既婚の男性と二人きりで歩くことさえ断固として拒否していた。人から誤解を受けて自分の結婚に悪影響があると嫌だからだそうだ。その頑《かたく》なさに呆《あき》れる友人もいたが、私はKの明確な意志とビジョンに尊敬を覚える。

そう、人はなかなかそこまで自分の意志を、はっきり持つことはできないものだ。既婚者に二人でメシでもと軽く誘われた時、それが上司だったり顔なじみの取り引き先の人だったりすればそうそう頑固には断れない。だいたい何度も大勢で飲んだことがある人に変に警戒して断るのもうぬぼれているみたいじゃないか、という気持ちに、そういえばずいぶん長いことデートらしいデートをしてないし、相手はおじさんでも好意を示されていることは嬉《うれ》しいし、という気持ちがプラスされ、軽い気持ちで「メシ」を重ねていくうちに何割かの人は不倫へと突入することとなる。

そしてつきあってみれば、やはり結婚している男性は魅力のある人が多い。格好がいいとかよく遊んでくれるという点では、それは若い男性の方がいいだろうが、結婚歴がある程度あり、子供もいて、誠意をもってひとつの仕事を長くやっている中年男性（しかし中年とはいくつからだ？）には、若い男性にはない人間としての厚みがある（ない奴ももちろんいる）。

同年代で、週末は必ずデートをしてくれて、一緒にはしゃいで遊べる男の子もいいが、あなたが仕事や人間関係のことで本当に悩んでいる時、的確なアドバイスと現実的な援助を与えてくれる年上の男性が現れたらどう思うだろう。

急に同い年のボーイフレンドが子供に見えるのではないだろうか。経済的にも精神的にもまだまだ未熟なボーイフレンドは、頼れるどころかあなたに甘えてくることも多く、つまらないことだと分かっていながら、静かでいいレストランに連れていってくれる年上の恋人の方が、自分を愛してくれているように錯覚する。

実際年上の恋人というのはいいものだ。お金のことだけではなく、知らない世界のことや、大人としてのルールをいろいろと教えてくれる。

私は前に寿司《すし》屋で板前さんを「おじさん」と呼んで、年上の恋人に「御主人とか、せめてお兄さんと言いなさい」と叱られたことがある。そういうことはなかなか言ってもらわないと気がつかないものだ。その人はずいぶんとそうやって、私の幼稚な部分を指摘してくれた。

結婚していて子供がいたりすると、男の人はある程度社会人として完成されてくる。若い男の子とは経験の絶対数が違うのだ。中年既婚男性は結婚によってさまざまな人間関係を学び、どうかすると家のローンだって組んだことがあるのだから。私はもう三十七だけれど、そんな高い買い物は一度もしたことがない。

つまり、年上で既婚の男性は、できあがった形の恋人で、同年代のボーイフレンドはまだ未完成な恋人なのだ。

すでにできあがっている家と、これから自分で汗水たらして建てなくてはならない木材が目の前にあったら、あなたはどうするだろう。

天気もよく体力も十分ならば、一から家を建てるのも楽しいだろう。けれど、もしあなたが今、世間や仕事という暴風雨の中で傘もなく凍えていたとしたら、一刻も早く暖かく乾いた屋根の下に入りたいと思うに違いない。家の中には年上の恋人とその家族が住んでいる。愛し愛されているはずなら、自分がそこに入れなければおかしいのでは、と思うのではないだろうか。

そのようにして、若い時の不倫は深刻になってゆく。

## 既婚男性の狡猾

そして、深刻なのは大抵の場合、独身女性の方だけである。断言するのも何だけれど、私はそう思う。中には新しくできた若い恋人のために、本当に離婚する男性もいるけれど、それだって新しい彼女を愛しているから離婚したのではなく、もともとうまくいっていなかった結婚生活を解消するきっかけにしたに過ぎない。もし、その人が離婚してすぐ新しい恋人と籍を入れたとしても、それは、ただその男が一人ではいられない人間だったのだ。

そんなふうに決めつけるなんて、私はひねくれていると自分でも思う。けれど、自分や友人の体験を通して考えると、私にはどうしてもそうとしか思えない。くどいようだが付け加えておくと、それが悪いと言っているわけではないのだ。

結婚して子供が生まれて、家庭が平和で働き盛りになってきた恋愛体質の男の人が、次にほしいと思うのは「恋人」である。

それはセックスフレンドという意味も含まれるかもしれないが、本当の意味で彼は恋をしたいのだと思う。

恋愛体質でない人は配偶者以外の異性を大して必要としないだろうし、変に浮気をしてばれた時のリスクを考え、一時の気の迷いで大切な家庭を壊すことになったらかなわないので、恋人という人生のオプションを無理して手に入れようとはしない。

しかし恋愛体質の人間は、おじさんになろうが家のローンがあろうが、「恋人」という人生のアクセサリーキットをどうしても手に入れたいのだ。

妻を妻として愛し続けながらも、年下の女の子と恋をする、というと、すごく不純でずるいことのように聞こえるし、実際不純でずるいことには違いないのだが、それは恋愛体質の人間にとっては、自然な成り行きかもしれないと思う。

人は小さくてかわいいものをいとしく思う自然な感情をもっている。犬や猫、赤ん坊など、邪心のないひたむきで小さなものを助けたいと思うのは、とても自然なことだ。

大人の人間同士の中にもそういう感情は生まれるのだろう。自分より年少で、社会に出てまだ間もなくて、うまく世の中を渡れず失敗ばかりして、でも懸命に日々を過ごしている者には、私だってできることがあれば何かしらの形で応援したくなる。

それがたとえば直属の部下で、うら若い女の子で、性格もよくて仕事も頑張ってやっていて、しかも自分に気があるらしいと分かれば、大抵の既婚男性は「まんざらではない」と思うだろう。

そこから先に進むかどうかは、本人たちの節度というより、成り行きや運であると思う。動き出した恋愛は、よほどのことがないかぎり止まらないものだ。

はじまったばかりの恋に浮かれるのは、何も女の子にかぎったことではない。おじさんだって、妻との間にはとうになくなった新鮮な恋愛の味に触れれば、モノクロだった毎日がカラーに変わる。

しかし、既婚男性が恋人に望むものは「恋愛の楽しみ」であって、決して「安定した安らぎ」ではない。何故なら、それを彼はすでに持っているからだ。

既婚男性は、そのうきうきするような恋の味をできるだけ長く保っていたいと考え、独身女性はその恋を結婚、あるいは相手の離婚でまっとうしたいと考える。

しかし、どちらにせよそんな恋はやがて終わりを迎える。

## 自分の屋根

そのように若いうちの不倫はディープになりやすいが、三十代になってくるとその不倫がやがてライトになってくる。

それは簡単にいうと、恋人というものに多くを望まなくなるからだろうと私は思う。まだ若くて、親の扶養から離れて数年しかたっていないうちは、恋人に望むものが多いのは当たり前のことだ。明日の仕事のこと、家賃のこと、来週の合コンに着ていくもの、その会費のこと、嫌いな上司や同僚のこと、親からのプレッシャー、寝不足、便秘、貧血。目の前にある明日の不安も、遠い未来への漠然とした不安も、恋人に会って相談してみたいと思う。なのに恋人は忙しくて会ってくれなかったり、会ってもあなたの愚痴を聞きたがらない。

なるべく深刻にならないように毎日を過ごしているつもりでも、そういう不安と焦りが気がつくとじくじく痛んでいる。そしてそれが、いつ解消されるのかあなたには分からない。

結婚さえすれば何もかも解決するとは、今時の賢い女の子は思わないに違いない。でも、結婚すれば、環境が変われば、何かしらの突破口が見つかるとあなたは思う。

それは本当のことだと思う。結婚をすれば、いいにつけ悪いにつけ、何かしら事態に変化は訪れる。

しかし、そう思いつめた二十代が終わり、三十代に突入すると、多くの女性は「ひとやま越えた」感覚を覚えるだろう。

もちろん個人差はあるだろうが、三十歳をいくつか越えれば、もう社会人になって十年くらいになり、多少は貯金もでき、仕事場にも後輩が増える。そうなると、数年前まで不安だったことが、ひとつひとつ解消されてきていることに気がつくだろう。

仕事は決めるところさえきちっと決めておけば手を抜ける部分もあることが分かり、行きたくない飲み会はうまく断れるようになる。嫌いな人に必要以上にふりまわされない方法を覚え、寝不足だと結局効率があがらず体調も悪くなるので、夜遊びはほどほどにするようになる。そして、うるさかった親も（ちゃんとした親ならば）そんなふうにしっかりしてきた子供に変な重圧をかけたりはしなくなるだろう。

しかも、恋人から「仕事が忙しくて会えない」と言われた時、本当に忙しいのか口実なのかが分かるようになってくる。どちらにせよ、特別な理由もなく三ヶ月も半年も顔を見せてくれない人なら、別の人を捜した方がいいと分かってくる。

なにしろ、あなたはその人と結婚できなくても、ちゃんと生活できているのだから。雨をしのぐ屋根は男の人から与えられなくても、いつのまにか自分の上にできていたのだ。

それはとても大切なことだ。もう恋人の言うことにいちいちビクビクすることもない。嫌われたくないからと、彼の言うことや行動パターンに合わせなくてもよくなる。それで彼から嫌われたとしても、何もかもを失うわけではなくなっている。

だから不倫をしたとしても、そう深刻な空気にはならない。

結婚によって解決したかった問題は、とりあえず自分でほとんど解決することができてしまったので、恋愛をした時に、恋愛以上のものを求めなくて済むようになったということだ。

確かに恋人に家庭があったら、独身同士よりは連絡はとりにくいし、会える時間も限られてくる。けれど恋愛を味わいたいのなら、かえってその方が好都合ではないか。今時、同年代の独身同士の恋愛ではあまりにも障害がなさすぎる。恋というのは少し後ろめたかったり、倫理に反していた方が甘い味がする。

かくして家庭をもって安定し「恋愛」の手触りが恋しくなったおじさまと、経済的にも精神的にも多少余裕が出てきて「せっぱ詰まっていない恋愛」ができるようになった三十代の独身女性とは、利害が一致する場合が多い。さらに言えば、恋人に結婚を期待しなくなったということは、相手の年齢や年収や家庭環境にこだわる必要がなくなって、気が合いさえすれば、おじいさんから少年までつきあえるようになったということだ。

しかし、女性はみんな自立したら結婚したくなくなるかというと、そうではない。

問題はここだ。それでも私達は漠然と「結婚したいかも」と感じることだ。

結婚を獲得することだけが目標ならば、変に達観してしまうより、若くてせっぱ詰まっている方が、勢いに任せて相手にぶつかっていける。

自分の舟や自分の傘を持って、安定した自分を一度手にしてしまったら、今度はその安定を手放すのに躊躇《ちゅうちょ》するようになるのだ。

二十代で結婚を焦っていた時期は、生活の変化を求めていた。

しかし、次第にその変化が恐くなったり、わずらわしくなったりしてくる。

自立した同士（大人同士）の結婚なら、そう変化なく暮らせるだろう、という意見もあるだろうが、私はそうは思わない。

どんな形であれ、結婚は思いもよらない変化を生むものだ。二人だけで生活しているつもりでも、人は知らないうちに多くの人にかかわって生きているものである。まず単純に考えても、今まで存在しなかった夫というものがそこに現れるのだ。

夫はいつも健やかであるとは限らず、病めるときも家にいる。そしてまた、ずっとそばにいる確約があるようでいて実はない。たとえば血のつながった親や兄弟は、たとえ十年に一度しか会わなくても（それが嫌でも）親であり、兄弟であることに変化はない。

けれど夫は、あなたの一番近くにいるのに、相手の意志ひとつで赤の他人になる可能性を持っているのだ。

そんないかにもストレスがたまりそうな人間関係を、やっと手に入れた安定を捨ててまで得るメリットがあるのだろうか。

ない、と断言できる人もいるだろう。

でも私は、あるような気がする。それはまだ、ぼんやりとしていて何なのかは分からない。その分からないものが私に「結婚なんかくだらない」と言い切ることを押しとどめているのだと思う。

しかし、ある、とはっきり言い切れないのも事実で、このようにして三十代の独身女性は煮えきらずに、ますます縁遠くなっていくのかもしれない。

三十代の独身女性の恋愛はライトだと書いたが、それはそういうふうに自分に言い聞かせる技術を覚えただけだ。恋愛と結婚を結びつけない。恋愛と自分の生活をダイレクトに結びつけない。そうしなければ恋愛するたび、いちいち途方に暮れなければならないからだ。

ただ蓋《ふた》をしただけで、結婚願望はやはり壺《つぼ》の底にひっそりとある。

# 3章　みんな結婚する

# みんな結婚している

さて、ここまで語っておいて、身も蓋もないことを言い出すようで申し訳ないが、最近私は、どうして人はそこまで結婚にこだわるか、その理由がもっと簡単で野蛮なことだと考えるようになった。

どうして人は結婚したいのか。

それは、若くて未熟であらゆる曖昧《あいまい》さがこわいから、という理由も確かにあるだろうし、三十代になって経済的精神的に自立しても心の拠《よ》り所《どころ》はまた別物だから、という理由もあるだろう。でも結局のところ、人が結婚したいと思うのは、「世界中のほとんどの人が結婚してるから」なんじゃないかと、今私は思う。

そんな乱暴な結論でいいのか、と自分でも呆《あき》れるが、でも私にはそうとしか思えない。

世界各国に行ったことがあるわけではないけれど、今まで生きてきた三十七年分自分の目で見たり、友人知人の話を聞いたり、本や映画やドキュメンタリーなんかで見てきたことを私なりに統合すると、やはり「世界中のほとんどの人は大人になると結婚する」ものだ。

アフリカとかチベットとかの奥地に住んでいる、文化人類学者くらいしか知らない少数民族の村では、もしかしたら結婚制度がなかったりするかもしれないが、少なくとも普通の日本人が知っている国では「ほとんどの人は大人になると結婚する」。

それが何故なのかはあとで考えることにして、まずこの巨大で動かしようのない現実を、受け入れることにしようと思う。

話が世界じゃピンとこないかもしれないので、それを日本に置き換えてみる。

どうして人は結婚したいのか。

それは「日本中のほとんどの人が、大人になると結婚するから」だ。

私は学者ではないので、それを統計やら数字で示したりはしないけれど、たとえば小学校の時の同窓会の名簿を見たって、三十代ともなると独身者の割合はものすごく低い。少なく見積もっても同級生の半数以上は結婚をしている。遅い早いの差こそあれ。

そんな確固たる現実を、私はここのところ忘れつつあった。というか、そういう現実から目をそらしていたことに気づいていなかった。

そのことに気がついたのは、ある大手新聞社の若い女性記者と、今時の結婚について仕事で話をした時だった。まあ、大手新聞社の記者なので、社会的にも十分認められたエリートの部類に入るといえるだろう。その先入観から「今時の女性には昔ほど結婚は必要ないのでは」という話になるだろうと思い、私は1章と2章で書いたようなことを、簡単にかいつまんで話した。すると彼女は少し考え込み、そのあとこう言った。

「それは、東京二十三区だけの考え方ではないですか？」

絶句している私にその人は淡々と続けた。彼女は大阪の支社で働いていて、地元の若い女性に結婚について取材を多くし、彼女自身も大阪都市部に住んでいる実感として、私の意見は「東京に住み、ごく限られた（恵まれた）職業に就いている人のもの」だと正直に感じたことを言ってくれた。私は東京も大阪も福岡も札幌も、そういう都市部では結婚に対する意識はもう同じだと思っていたが、現実はそうではないようだ。テレビをつければ同じようなものをやっているし、雑誌だってほとんど同時に発売になるのだから、どこも東京と変わらないと思っていたし、東京だけが特別だなんて考えるのはおごっているようにも思っていた。それが盲点だったのかもと、私は考え込んでしまった。

そうなのかもしれない。

私は東京の真ん中という日本全体から見たらものすごく特殊な地域に、家族と離れて一人きりで住んでいて、つい自覚するのを忘れてしまうのだが、これまた物書きという特殊な仕事をしているのだ。

でも、普段の私は、それをことさら特殊だとは感じていない。何故なら東京の真ん中には、私と似たような境遇の人が身近に大勢いて「いい歳して独身で、仕事が大切だから結婚は難しい」と話し合うことが多いからだ。つまり、前に述べた巣鴨にたくさん老人がいたり、日本橋にたくさんサラリーマンがいることを実感できない女子高校生と変わらなかったのだ。

けれど、私は東京で生まれ育ったわけではない。身近にいる似たような境遇の人達も、ほとんどが東京でない場所で生まれた人だ（時々二十三区生まれの都会っ子もいるが）。その中の全員がそうではないと思うけれど、少なくとも私は好きこのんで東京に住んでいる。家賃も高いし、空気も悪いし、人や車が多くてストレスがたまるし、神奈川県にある実家付近に住んだ方がまだマシなのに、わざとそうしているのには理由がある。

それは、東京二十三区的価値観を持ちたいからなのではないか。

ほとんどの人が結婚している地域から、逃れたかったからではないだろうか。

ここでは「結婚していないこと」「結婚する気はないこと」が、全面的ではないにしろ、多少は受け入れられる。

つまり、ここには「結婚しない私」の居場所があるのだ。けれど実家に帰ると、私はとたんに居場所をなくす。何故ならば近所の人が「ほとんど結婚している」からだ。

目立ちたいのなら、実家に住んでいればいい。非婚であることを主張したいのならば、東京ではなく郊外に住んで、シングルであることを選んでここにいるのだと胸を張ればいい。

けれど、私はそんなことで目立ちたくはなかった。結婚していないことに胸を張る気もなかった。

私は仕事以外の私生活では、できれば目立たず、人々にまぎれていたいのだ。それには私の暮らす場所は東京しかない。好きで住んでいるというよりは、選択の余地が他になかったのだ。

## 別にどっちでもいい

ほとんどの人が結婚していたって、だからといって誰でもが結婚しなくてはいけないわけではない。

けれど、よく考えてみてほしい。人間はそんなに強いものではないし、少数派であることを選択するのには、よほどの主義主張と意志が必要である（前出のKのように）。

もし、あなたが小学生だったとして、クラスの子のほとんどが塾に通っていたとしたら。もしあなたが高校生だったとして、クラスの女の子のほとんどがルーズソックスを穿《は》いていたら。もしあなたが大学生で、友達のほとんどが携帯電話を持っていたら。もしあなたが二十代の会社員で、会社の同僚のほとんどが社員旅行に参加するとしたら。

あなたがそういうことに対してとても反感を持っていて、自分だけはしないという意志を通してゆく気ならば、話はわりと簡単である。周囲から浮くことを覚悟で、胸を張って一人の道をゆけばいい。無視されたり苛《いじ》められることも受け入れてゆけばいい。

問題は「別にどっちでもいい」人に発生するように思う。

塾に行くのは楽しいし、流行《はや》りものは好きだし、友達といつでも連絡がとれるのは便利だし、社員旅行もそれなりに楽しめる、という前向きで無邪気な人は、それはそれで問題はない。そういう人は放っておいても、幸せな結婚をして幸せな人生を送るだろうから。

しかし多くの人は「みんながやっているからなんとなく」という理由で、日々の選択を済ませているのだ。

くどくもまた念を押すが、それが悪いと言っているわけではない。何をするにつけ、いちいち動機と目的をはっきりさせてなんかいられない。なにしろ世の中には、どうでもいいことが山のようにある。

たとえば私も、学校の選択は自分の偏差値で入れるところ、会社は入れてくれるところ、というだけの基準で選んできた。ぜひともこの学校に行きたいとか、この会社に入りたいという意志は持ってこなかった。だから細かい校則をくだらないとは思っても、破ると面倒なので守ったし、忘年会や社員旅行で自分の時間がとられるのは嫌だったけれど、むきになって不参加を選ぶとそのリスクの方が大きい気がして、これも給料のうちと割り切っていた。

洋服を買うのも、何もみっちりファッション雑誌を見て研究するのではなく、その辺で売っているもの（つまり流行っているもの）を適当に買い、友達に会えば適当な店（みんなが行くようなそこそこおいしくて、そこそこの値段の）でご飯を食べ、身近にいる男の子の中から比較的気が合う人と親しくなって、適当と思われる場所（あまり遠くない）へ小旅行し、高からず安からずの宿に泊まって、高からず安からずのレジャーを楽しむ。いちいちその洋服を買った意味とか、その店を選んだ基準とか、その人と恋人となった理由を、日常の中でつきつめては考えない。もしそんなことを考えはじめたら、きりがないことを私達は無意識のうちに知っている。理由など考えずに、みんながやっていることを自分もする。あるいは、親から受け継いだ慣習を、自分のものとして実践して生きていく。

それはとても自然なことだ。考える必要なんかない。

みんなが学校へ行くから学校へ行き、学校を出たらみんな働くものだから自然と働き、自然と恋人ができて、そろそろ結婚するのが自然だねということになったりすると結婚するのだ。それが大多数。

たまたまその大多数の例に乗れずに、「あれ？　私はなんでみんなと同じように、自然と結婚相手が見つからないんだろう」なんて事態になると、焦って人に紹介してもらったり、見合いをしたりして、みんなと同じに軌道修正したりするので、大多数はまた大大多数になってゆく。

そういう意味で、恋愛結婚より見合い結婚の方が、あとで問題が持ち上がらないのではないかと思う。政略的だった一昔前の見合いとは違い、今時の見合いは「みんなと同じ、標準的な人生」を送るために必要な配偶者を探すものだ。だから「みんなと同じじゃつまんない」恋愛体質の人は、あまり見合いをしないのだろう。でも恋愛結婚したところで、それはすぐ「みんなと同じ」状態になるので、恋愛体質の人はまた懲りずに恋愛を繰り返す（そしてまた「みんなと同じような不倫」になったりする）。

ごく自然に、みんなと足並みをそろえる。しつこいけれど、それが悪いなんて言っていない。何故ならこれは、日本という小さな極東の島国に限ったことではなく、世界中のどこの国でも当たり前に行なわれている、全人類的普通なのだ。

ヒトはお年頃になると、発情して結婚して、子供ができて、家族が増える。その自由度の差こそあれ、やはり「世界中のほとんどの人は結婚するもの」なのだと私は思う。

## 全人類的結婚願望

　では結婚しない人は異常なのかというと、そこまで人間は融通がきかないわけではない。たとえば今、日本人のほとんどは高校へ行くが、義務教育を終えたら必ずしも誰もが高校へ行くわけではないし、そこを出ないとこの国で生きていけないというわけでもない。大多数の人と同じでなくても平気な人はいるし、それに少数派というものは自然と寄り集まるものだ。結婚することが当たり前な地域から、結婚していなくても目立たない都市部に、そういう人は移り住む。

　そのことを実感したのは、クリスマス時期にイギリスに旅行した時だった。イギリスのクリスマスというのは（他のヨーロッパの国やアメリカなどではどうなのかよく知らないが）日本でいうところのお正月である。それも物であれ習慣であれアンティークなものをよしとするイギリスでは、依然昔のまま二十四日から二十六日か二十七日、どうかするとそのまま新年までずっと仕事が休みになって、その間、彼らは当然のごとく家族と過ごす。

私が滞在した町は、ロンドンから遠く離れた地方だったせいかそれが顕著で、クリスマスを一人で過ごす人なんか、まずいないそうだ。それは昔からの習慣でもあるし、現実的にもクリスマス休暇の三日間は、開いている店はまったくなく、バスも鉄道でさえもストップしてしまうので、家族が集まって飲み食いするくらいしかすることがないのだ。

土地の人にそう言われて、私はついむきになってしまった。

「でも、仲の悪い家族だってあるだろうし、家族も恋人もいない人や、車を持ってない人だっているでしょう？　そういう人はクリスマスどうしてるの？」

聞かれた人はしばし考え、苦笑いを浮かべこう言った。

「だから、クリスマス前には離婚率と自殺率が上がるのよ」

よかった、イギリスに生まれないで。

というのは言い過ぎですね。すみません。正月前に離婚率と自殺率が上がるのは日本だって同じだろうし、さすがにロンドンでは、まる三日もバスが止まってしまうことはないらしい。行ったことはないけれど、ニューヨークやパリでも同じような現象が起こっているのじゃないかなと私は想像する。

大人になっても結婚しないということは、延々と受け継がれてきた家族の鎖をそこで断ち切るということだ。そして、人々が家族と過ごしている間、一人でいなければならないということだ。それも一生、死ぬまで。

よほどの覚悟と意志がないかぎり「結婚して家族の新メンバーを増やす」という全人類的な普通を撥《は》ねつけることは難しいと思う。

みんなが高校に行くから自分も行って、事情が許せばその上の学校にも行って、みんなと同じように働いて、そうしたら次は自然と結婚したくなって、結婚したらできれば子供を生んで、そうやって一生を終えていきたいと思うのは、当たり前といえば当たり前のことだ。なにしろ、世界中のほとんどの人がそうなのだから。

しかし今の日本では、結婚の意志も離婚の意志も、子供を生むか生まないか、生む場合もその人数と時期を決めるのに、女性の意志が尊重されることが多くなっている。女は誰でも結婚するもの、その相手も自分では選べず離婚も許されず、避妊の権利さえない国に住む女性がまだ地球の上にはたくさんいる。

日本人女性が恵まれているとか、贅沢《ぜいたく》だとか言いたいわけではない。

ただ、ヒトは結婚して当たり前、という地球規模の常識は、この先百年や二百年たっても、まだ根強く残り続けるのじゃないかと思うのだ。

既婚者よりも独身者の方が多い、という国が、今後地球の上に現れることがありえるかどうか分からないし、その国がいい国かどうか私には分からない。

とにかく今は、ほとんどの大人が結婚している。その現実があるかぎり、心弱い独身者の中から、結婚願望の芽がなくなることはないように思う。

独身で通すことは都市部にいても、いろんな意味で難しい。地方に住んでいれば、なおさらだろう。

では、誰でもいいから結婚したいか、というとそうではない。

それは本当に贅沢な悩みなのだろうか。

## 親の願い

そういう意味で、古いタイプの日本のお母さんが「女の子は結婚してこそ幸せになれる」と娘をせっつくのは正しいと言えば正しい。

どうして日本中のほとんどの人が結婚しているのかというと、それが一番生きていく上で楽で便利だからではないだろうか。

楽で便利！

自分で書いておいて、びっくりしてしまった。なるべくなんでも合理的にやっちゃいたい私には、楽で便利とはなんて魅惑的な言葉。楽で便利なら、そりゃもう結婚したい。

私は親になったことがないので、親心というものは想像でしかないのだが、それは本当に不思議なものである。自分の結婚生活が大して幸せでなくても、自分の子供には「平凡でいいから結婚して幸せになってほしい」と願うのだから。なにしろ、この私でさえ、年下の親しい女の子が危なっかしい男性とつきあっているのを見て「もっと真面目な男の人とつきあって普通の幸せな家庭をつくってほしい」なんて思ってしまうのだから、我ながら呆《あき》れる。

どうして多くのお母さんが娘にそう望むのかと考えると、自分が結婚したことによって幸せになったかどうかより、「夫がいる」というだけで、ずいぶんと世渡りが楽だったことを、自覚的にも無自覚にも感じているからだと私は思う。

女の人は、いつかはおばさんになる日がくる。心が若くたって、外側はどんなに努力しても歳をとる。

で、おばさんになった時に独身だと、やはり浮くのである。絶対携帯電話を持たない女の子や、絶対お化粧しないOLが人々に不思議がられて「なんで？」と尋ねられるように、結婚していないおばさんは、何かの集まりの時に絶対浮く。

浮こうが浮くまいが、そんなことは関係ない。浮きたくないというだけで、やりたくないことをやるのは馬鹿馬鹿しい。それが正論。私はそう思う。

けれどそれを心配するのが「親心」ってやつである。

自分の愛する娘には、必要以上の苦労をさせたくない。世間というのは恐ろしいものである。学校や会社や、人の結婚式や親戚《しんせき》の法事や、あらゆる場面で自分の愛する娘が「あの人変人よ」と後ろ指をさされないよう、誤解されないよう、苛《いじ》められないよう願うのが親というものだ。ま、そうじゃない親もたくさんいるが。

そうじゃない親の一人が私の母親である（父親の方は普通の親心持ち）。

私の母親は時々「今度生まれてくる時は結婚しない」と言っている。

今度生まれてくる時は、というところがミソである。現世では結婚しておこうという意味だ。それはやはり、今更離婚しても大したメリットはないということだろう。言い換えれば、今のところ結婚していることによって得るメリットが大いにあるということか。

母は娘に、自分がなしえなかった願いを託す。

だから私は結婚しないのだろうか。いやいや、母親のせいにしてはいけない。

私の母親の世代のほとんどの人が大して迷うことなく二十代の前半に結婚していたのは、結婚しか生きる道がなかったというのが第一の理由だとは思うが、今よりは結婚そのものが、人々の目に幸せに映っていたのではないだろうか。

その証拠に昭和三十七年生まれの私は、小学生の頃「大きくなったら結婚するのは当たり前。子供も二人か三人生んで、お父さんとお母さんみたいに平凡でも幸せに暮らすんだ」などと思っていたし、クラスの女の子達も皆似たり寄ったりだったと思う。

確かに小学生の私の目から見た両親は、幸せそうだった。といっても現代の幸せな家庭はまずそこそこ裕福であることが条件だろうから、そういう意味ではうちは幸せではなかった。給料日前にお金がなくなり、米屋や三河屋（昔の酒屋は今のコンビニみたいに何でもあった）に頼んでツケにしてもらっていたこともあったようだし（今ならマイナス口座にしたり、クレジットカードで借りたりするところだろう）、学校は当然のようにずっと公立で、外食は何か特別な日だけだった。

父親は仕事が忙しく、母は家計のやりくりと育児に疲れていて、よく喧嘩《けんか》をしていた。私はそんなことを察していい子にできるような子供ではなかったので、イライラした母親によく叩《たた》かれた。それでも子供の目から「うちの親はうまくいっている」ように見えたのは、父にも母にもまったく迷いが見えなかったからだろうと思う。彼らは建ててしまった家のローンを返すため、そしてつくってしまった子供を育てるため、やみくもに日々を過ごしていたのだ。

しかし、昔うまくいっていた両親が、今は以前ほどうまくいっていない。ローンも返し終えて、二人の子供もそれぞれ独立して出ていった。するとあとには、共通の趣味も話題もない夫婦二人が残された。あるのはお互いに対する不満ばかりだ。

しかし彼らには、離婚しようという発想はないようだ。あんまりお互いがお互いの悪口ばかり言うので、娘の私は「そんなに嫌いなら別れれば？」と冷たく言うのだが、そうす

ると どちらも黙り込んでしまう。まあ確かに、そうできるなら文句を言わないだろう。

自分の両親という、あまりにも身近で限定された例ではあるが、そうして夫婦の遍歴を眺めていると、これまた私は結婚するのが恐くなる。長年つれそえば互いを深く理解しあえるとは限らないのだ。

しかし、付け加えておくと、そんな両親が離婚しない理由は、打算的な理由だけではないのだと思う。彼らは若い時は確かに他人だったかもしれないが、今では自分の親より長く暮らした家族である。性格も趣味も考え方も合わなくても、お互いにとっては一番近い身内なのだ。仕方なく結婚を続けている、というとネガティブに聞こえるが「仕方ない」と思うことは、逃げずに現実を受け入れる、非常にポジティブな考え方とも言えるのかもしれない。

# 楽で便利

世界中のほとんどの人が結婚しているくらいだから、結婚はそりゃもういいもんである。一度失敗していて、親の結婚も羨《うらや》ましく思っていない私が言っても説得力に欠けるでしょうが、思い切って「結婚はいいものだ」と断言しよう。悪いことは言わないから結婚しとけ。

先に言っておくと、他人の目なんか気にしない、という人には関係のない話でしょうからこのあたりは飛ばしてください。

とにかく世の中というのは、なんでもカップル仕様かファミリー仕様にできている場合が多い。たとえば旅行に行けばホテルはツインが基本なので、お得なパックツアーというのは必ず「二名一室の場合」の料金だ。私はわりと一人でどこでも行くし、なんでもやれるとは思うけれど、やはり一人では居心地の悪い状況というのはある。さすがにディズニーランドには一人で行こうとは思わないし、鍋物《なべもの》を食べたいときも一人では侘《わび》しい。

どこかに遊びに行くのも、そりゃ一人で行けないこともないが、場合によっては誰かと一緒の方が楽しいし、よくも悪くも感想が口に出せて自然な感じである。結婚生活も長くなれば「亭主とどっか行ったたって別に」みたいになるだろうけれど、いざ結婚から離れてみると、それはそれで緊張感溢《あふ》れる恋人同士の旅行と違って、リラックスしていいものなんじゃないかなと思う。

私が一人で旅行に行くのは、だいたい都市部か名所旧跡がある観光地だ。リゾート地だけは、さすがに一人で行く気にはならない。目立ちすぎるし、あまりにも一人であることを実感しすぎるし、受け入れる方もやりにくいだろう。そうなるとリラックスからはほど遠い状態になる。そういう理由で、私は一人で飲みに行くこともない。

観光地に限らず、夫婦というものは、とにかくどこへ行っても目立たないものである。若いカップルだって遊園地だの渋谷だのに行けば、同じようなのがいっぱいいて目立たないだろうけれど、ちょっとお高い店や海外でいいホテルに泊まったりすると、若いというだけで結構目立つものである。けれど若くたってなんだって二人が夫婦であれば、どこに行っても「若夫婦」ということで納得され受け入れられる。

結婚をしたとき「結婚してよかった」と胸をなでおろしたことは本当に多かった。

まず第一に「結婚しないの？」と、もう誰からも聞かれなくて済むようになったことだ。

独身だと遠回しにもストレートにも「結婚の予定はあるのか、する気はあるのか」という意味のことを、親しい人にも親しくない人にも聞かれることが多い。私だって独身の人には、お酒が入ったりするとつい聞いちゃうし。

いちいち不機嫌になったりはしないし、仕事柄そういう話をするのは嫌いじゃないので構わないが、独身者に対する興味は思った以上に大きく、既婚者に対する興味のなさも思った以上に大きい。乱暴な言い方をすると、結婚しちゃった人にはみんなあんまり興味がないのだ。もっと乱暴に言うと、まわりの人々の興味（詮索《せんさく》とも言い換えられる）をずっと引きつけておきたいなら、結婚しないでおくことだ。そうすれば、ことあるごとに「結婚は？」と人々が尋ねてくれるだろう。

そして結婚すると、いろんなことに対する後ろめたさが消えてゆく。結婚前は相手の部屋に泊まったりすると、なんかこそこそしてしまうし（でもその「こそこそ」が恋愛の醍《だい》醐《ご》味）会社や公共の場では「昨日は彼氏の部屋に泊まった」なんて、おおっぴらには普通言わない。

けれど籍を入れてしまうと、相手の部屋に泊まるどころか、毎日同じベッドで眠っても堂々とできるのだ。たかが籍を入れたくらいで、昨日まで隠さなくてはならなかったことが、白日の下にさらけだしてもオーケーとなる。

なにしろ結婚してしまえば、二人は家族なのだから。

恋愛関係の二人が目の前にいると、見ている方もどこか気恥ずかしい。でもそれが夫婦だとまわりもなんだか安心する。夫婦の間にはそりゃ夫婦生活がそれぞれあるのだろうけれど、そのセクシャリティが影を潜める。やっているはずだが、なんとなくやってないような空気になるのだ。それは、恋愛関係という動物的で不安定で、明日別れても不思議じゃない関係から、夫婦という社会的に安定していて、どちらかの都合で簡単に別れたりはできなくなる関係になるからなのだろう。

知人の女性で、会うたびに恋人が変わっている人がいる。恋多きことは結構かもしれないが、どうせまた来年には違う人になっているのかと思うと、相手の男性とも挨拶《あいさつ》以上のことをする気にはなれない。けれど結婚したのなら、確かに「彼女の人生のパートナー」としてこちらも接すると思う。

結婚すると、そしてその結婚がうまくいっていると、人の心は安定する。血縁以外の家族を得ることは、まわりにも、その人自身にも大きな安堵《あんど》を与える。

もう恋人を捜す必要はなくなり、必要以上に体重や洋服や化粧や立ち居振舞いに神経を使わないで済むようになる。その分のエネルギーを仕事や他のことに回せるようになる。

それが「大人になる」ということなのかもしれない。

## 結婚している人

そういうわけで、この世は既婚者で満ちている。どうやら最近は「一人世帯」というのが日本では増えつつあるとどこかで読んだが、それでもまだ、大人社会の中で独身者が占める割合は相当低いだろう。

現実として、結婚している人は多く、結婚していない人は少ない。前の方で「人妻ってなんか偉そうだ」と書いたが、理由はそのあたりにあるのではないだろうか。

結婚していて、その結婚がうまくいっている人には、どうしても独身者はあぶなっかしく見えるのだろう。というより、自分が得た精神的安定がものすごく大きいからこそ、それを持っていない独り者が丸腰に見えるのではないか。だからつい、子供扱いしてあれやこれやアドバイスしたくなるのだろう。

気持ちは分かる。確かに私は結婚したとたん、ものすごく自分がおばさんくさくなったと感じたし、独り者になったとたん、容姿の衰えは別として、着るものも気持ちも若くなった。それは言い換えれば、結婚していたときは大人っぽかったが、一人になったとたん、また子供っぽくなってしまったということだ。

結婚がうまくいっていることと、その結婚がその人に幸せをもたらしているかどうかはまた別の問題だとは思うが、まあ「うまくいっている夫婦」というのは「幸せ」そうだ。結婚している人で配偶者に何の不満もない人はいないだろうが、何年か安定して続いているカップルは、うまくいっている夫婦と呼べるだろう。

芸能人なんかはよく「仮面夫婦」呼ばわりされているようだけれど、端から見てうまくいっているカップルは、内情がどうであれその範疇《はんちゅう》に入ると私は思う。駄目になっている夫婦は、どう取り繕ってもその綻《ほころ》びが見えるものだ。どちらかが浮気をしていようと、何年もセックスしていなかろうと、家族がみんな概《おおむ》ね平穏に暮らしているならば、それはうまくいっている結婚だ。

私のまわりにも、うまくいっている夫婦は何組もある。

身内を誉めるのは何だが、まず一番近いところで私の兄夫婦（子供なし）は結婚十年以上になるが、あいかわらず仲がいい。どうやら若いうちに思い切って家を建てたのが功を奏して、結束が固まったようだ。

知人の中では、夫と妻が同郷で、いずれは田舎に帰りたいという点で一致している夫婦もいるし、その反対に田舎がそれぞれ遠く、どちらにも帰らないと決め東京で子供を生み育てることにしたのが良い結果を生んでいる夫婦もいる。共働きでも、妻が専業主婦でも、妻の方が夫より稼ぎがよくても、仲のよいカップルはたくさんいる。

だからそういう表面的な条件というのは、夫婦仲の決定事項にはならないようだ。

では、夫婦仲の明暗を分ける要因は何なのだろう。

大雑把で乱暴な意見で恐縮だが、主に結婚を駄目にするのは、欲張りな性格な人ではないかと私は思う。欲張りといって語弊があるなら、今の自分にいつも飽き足らないタイプだ。これは恋愛体質の人も当てはまる。

うまくいく結婚には、何かしらの共通の動機や目的がある。けれど、それはだいたい何十年もかけて達成するスパンの長いものだし、そこに至るまでの過程は、ただコツコツと日常生活を積み重ねていくしかない場合がほとんどだ。その変わり映えのしない毎日に、欲張りなタイプの人は耐えられない。

前に結婚を田舎の中小企業に例えたけれど、その田舎の小さな会社を地道に経営するよりも、東京だのニューヨークだのに出て一山当てたいなどと発想する人は、やはり結婚には向いていないかもしれない。どんないいパートナーと結婚しても、やがて変化のゆるやかさに飽きてきて、もっと他に面白い商売があるのではないか、もっと他にいい人がいるのではないか、もっと別の人生があるのではないかと思ってしまうのだ。

それはそれで、ごく自然な感情だとは思う。ずっと続けている仕事があっても、好きな人と結婚をしたあとでも、魅力のある対象を見つけてくらっとしてしまうのは人間として当たり前のことだ。目新しいものや珍しいものに全然胸が騒がなくなったら、もうそれは心が老いてしまったということだ。

仕事を変えたくなったり、浮気をしたくなったり（あるいは本気で配偶者を取り替えてみたくなったり）した時に、どう我慢するか、どう行動するか。大きいギャンブルをしたいと思いつつ、駅前でパチンコを打ってお茶を濁すか。有り金持って、二度と戻れない旅に出るか。

仕事も配偶者も長いつきあいになってくれば、粗《あら》も見えるし飽きもくる。そこに何か新鮮なものが現れた時、自分が前にたてた人生設計なり目標なりと比較して、今まで地道に積み上げてきたものを捨ててしまうのは惜しいと思い、目新しいものをあきらめることができる人が、結婚をうまく続けていける人なのかもしれない。そのとき何も積み上げたものがなかったり、あきらめたことを人のせいにしたりすると、人の心はぐらつきリセットボタンを押したくなる。

積み上げたものがあっても、長年掲げてきた目標があっても、新しいものに手を引かれて、そこから出てゆく人はいつの世にもいる。もう一度、一から積み上げる覚悟がある人には「あきらめない」選択もある。どちらがいい悪いではないと思う。

## 幻想と現実

結婚している人の方が、どちらかというと独り者より大人っぽく感じるのは（子供なまんまの人もいるが）そうして忍耐というものを知っているから、という理由の他に、現実に結婚していること＝結婚に対する幻想がある程度壊れている、からだと思う。

幻想が壊れた、という言い方がひっかかるなら、想像でしかなかったことを体験した者の実感、と言い換えてもいい。

私も結婚前で若くて素直だった（？）頃は、世の中の情報を疑わずに鵜呑《うの》みにしていた。そういうのを耳年増《みみどしま》というのだろう。本を読んだり映画を見たり、テレビや雑誌や親や友人や仕事先の人から聞いた話や、そういうものを総合して「夫婦とはこういうもの」というイメージをつくり上げていた。

いいことばかりでないことは、もちろん知っていた。けれど、たとえば「多くの男の人は浮気をするもの」という知識はあっても、若い時は、現実的にそれが原因で離婚した夫婦なんて見たことがなかったし、本や映画の中では、結局もとのさやに収まっていくものが多かったように思う。

流行《はや》りの歌の歌詞は「あなただけを永遠に愛する」とか「あなただけを信じていく」みたいなものが多かったし、それはとても耳触りがよかった。

愛のむなしさ、人の裏切り、やがて倦怠《けんたい》してゆく男女の仲、きれいごとだけで運ばない現実の生活。そういうものがあることにはうすうす気がついてはいても、気分がいいものではないし、夢を見ている分には要らないものなので、見て見ぬふりをしていた。

そして私は私なりに、結婚というものに幻想を膨らませた。

自分用に用意された（赤い糸で結ばれた）特定の男の人と、いつか（といっても二十代のうちに）巡り合って結婚する。そして喧嘩《けんか》をしても、仲のいい兄妹みたいにすぐ仲直りできて、永遠に私達は愛し合っていくことができる。なにしろ他には誰もいないのだから、愛し合っていくしかないのだ。結婚するということは、私にとって「他のすべての男性との恋愛をあきらめること」だったし、相手も「他のすべての女性との恋愛をあきらめること」なのだと思っていた。

当たり前だが、自分の都合のいいように勝手に膨らませた幻想と、現実の結婚生活はあまりに違う。どのくらい違うかというと、エキゾチックで美しいインド映画と、現実のインドの実生活くらい違う。

しかし、憧《あこが》れや幻想を持つのが人間というものだ。

誰だってまだ体験していない楽しそうなものには、憧れと期待を持つ。そしてそれを経験した時、自分の中の想像と現実のズレを認識する。

しかし幻想は百%壊れるわけではないだろう。はじめてインドに行った時、私が勝手に抱いていた幻想と、その現実のギャップは大きかったけれど、見聞きしたインドの美しさと力強さはまるごと嘘だったわけではない。結婚にも思った通りの喜びをいくつか見いだせるはずだ。幻滅はあっても、思いがけない良さも発見するだろう。

だから、一度失敗しているはずなのに、まだ私は結婚に対する幻想を持っている。

それは、特に長い年月を過ごした夫婦に対するものだ。自分の親はあまり仲のいい方ではないけれど、知り合いのご両親は、六十代になっても肩をよせあって夏の花火を見上げるほど仲がいいらしい。これは想像だが、彼らだって若い時に持っていた幻想は、一度は現実の生活に押しつぶされているはずだ。けれどペシャンコになったところから、その人達は地道に関係を築いて今に至っているのだろう。

努力すれば誰もがそうなれるわけではないし、そういうパートナーと巡り合えるのは、運に頼らざるを得ない部分が大きい。けれど、そういう幸せな熟年夫婦が実在することが、私に幻想を捨てさせない原因になっているのかもしれない。

## 人妻の恋

幸せな熟年夫婦や、自分の家庭を維持していくことに迷いのない既婚者の方には、私は何も言うことはないので、やはりここでは迷いから抜け出られない既婚者の話をしようと思う。

いくら建前上、お互いだけを一生愛し続けると誓っても、夫婦は二人きりで孤島に暮らしているわけではないし、人の意志はもろくはかないものである。

長く一緒に暮らした配偶者に、家族愛はあっても恋愛感情がなくなってしまった場合、恋愛体質の人はそれを家庭外に求めるしかない。

「家庭外恋愛」とは、なんともリアルで都合のいい言葉。すごく当たり前な響きがするのはどうしてだろう。「家庭内恋愛」の方がなんとなくインモラルに聞こえるのは私だけだろうか。まあとにかく、ホモとオカマとニューハーフは違うように、不倫と浮気と家庭外恋愛は違うようだ。

そして夫のそれがなんだか楽しそう(内情は大変かもしれないが)なのに比べて、人妻のそれは、あまり楽しくなさそうだ。楽しげにしていたとしても、意地悪な私には深刻さをカモフラージュしているように見えてならない。

この本を読んでくださっている人の中に、どのくらい結婚している女の人がいるのか私には分からないのだが、まず人妻のみなさん、これから書くことが気に障ったらごめんなさい。なるべく納得して頂けるように努力して書いてみます。

結婚している男の人が恋愛するのは、前述のようにある程度理解しているのだけれど、どうも私は結婚している女の人の恋愛には、あまり共感を感じることができないのだ。

結婚生活がうまくいっていて、大人として成熟してきたからこそ、夫でない男性と家庭外恋愛を楽しんでいる女の人がいるとしたら、それは本当に人間として豊かで器が大きい人なんだなと思う。全然いないとは言わないが、それはほんの一握りの、努力と努力する才能と、生まれ持った魅力に恵まれた女性だけのことではないだろうか。

身近にみる人妻の恋は、悲しい話が多い。

仕事でほとんど家庭を省みない夫、いっぱしに浮気をして妻に関心のない夫、あるいは過干渉で口うるさい夫。そして赤ん坊の時はあんなにかわいかったのに、成長したら親を無視してやりたい放題暮らしている子供に囲まれているあなた。

そんなものに囲まれていたら、他に好きな男性ができるのは当たり前のことである。違う男性と結婚をやりなおしたくなっても無理はない。

誰にでも恋をする権利はあるのだから、結婚している女の人だって恋をする。そしてそれを、夫や子供に隠しておくのは当然のことだ。浮気というものは、ばれないようにうまくやることが、家族への誠意だと私は思っている。

しかし、女性というのは（私を含めて）男性に比べて、自分の恋を黙っていられない性質があるような気がする。もちろん夫に向かって「実は好きな人ができたの」とストレートに言う人は少ないだろうが、大抵の女の人は、長年のパートナー以外に好きな男性ができたら、それを女友達に打ち明ける。

これは私の偏見かもしれないが、大抵の男の人はどんなに親しい人にも、そう妻の悪口は言わないものだ。けれど、世の中の既婚女性で夫の悪口（半分はのろけなんでしょうが）を言わない人はあまりいない。

通常の状態でも夫の悪口を言っているのに、それが他の男性と恋愛なんかはじめようものなら、もう彼女の口は、新しい恋人がいかに素晴らしいか、それにひきかえ夫はいかに最低かを繰り返す。

だったら別れたら、と言うと、子供がいるし、仕事はパートだし、別れたって新しい彼が結婚してくれるとは限らないし、とにかくそう簡単にはいかないのよ、別れたいのはやまやまなんだけどときて、そしてまた新しい恋人の自慢、夫の悪口とエンドレスに続いていく。

だいぶ誇張して書いたけれど、人妻の恋は、私の目にはこんな感じに映ることが多いのだ。

しかし、それが「浮気」だと自覚がある人はまだ偉い。一番の困った人妻は、離婚する気はまったくないのに、自分の恋は「本気」だと言い張る人だ。

離婚することが本気の証《あかし》だと、短絡的には思わない。

何も捨てる気がないのに不満でいっぱいで、家庭外恋愛に逃げているのなら、それはただの憂さ晴らしでしかないのではないか。もし離婚する気がなく、でも恋人に対する愛情も浮気ではなく本気だと言うのなら、それはそれで悩みなんかないはずだ。堂々と家族に内緒で（矛盾した台詞《せりふ》だが）恋人と情事を楽しめばいい。

殺されそうな発言だけど、人妻の家庭外恋愛には、文句ばかりが充満している気がするのだ。

## セックスレス

さてここで「うまくいっていない夫婦」の例をもっと挙げてみようと思ったのだが、意外に具体的な話が思いつかないことに気がついた。

結婚している友人知人は、女の人でも男の人でも、必ず何かしら配偶者に対する不満をもっていて、それを愚痴ったりはするのだけれど、だいたいどれもが「夫が家でゲームばっかりしてる」とか「おならが臭い」とか「妻の電話代が高すぎる」とかいう、そう深刻ではないものが多い。彼らが大真面目に愚痴っているのは分かるが、独身の私には、ほとんどがのろけに聞こえる。

離婚した幾人かの友人の話を思い出せば、確かに離婚に至るまでの「うまくいかなかった結婚生活」の話があるのだが、彼らは結婚生活の問題を離婚によって解決できてしまったので、結論的には明るいしカラッとしている。

けれど何年か前に、他人の私が落ち込むような、深刻な悩みを打ち明けられたことがある。

その女性とは以前通っていたスイミングスクールで知り合って、帰りに軽くお茶を飲んだりする仲だった。お互い住所も電話番号も教えあわなかったし、今では名前すら忘れてしまった。

クラスが平日の昼間だったこともあって、私とその人以外は五十代くらいのおばさま方ばかりだった。いつも元気でよく笑う彼女を、最初私は年下で独身のお嬢さんだと思っていた。なにしろ、女の私もほれぼれするようなナイスバディだったし、着ているものも髪型も今風に垢抜《あかぬ》けていたのだ。ところが何度か話していくうちに、彼女は私より少し年上で、幼稚園に通う子供がいることが分かったのだ。

ミセスには見えないことを正直に告げると、彼女は何故か苦笑いを浮かべた。そして、私が離婚したばかりで、結婚している間に十キロ近く増えてしまった体重を落とそうとしているのだと話したあたりから、話の雲行きがおかしくなってきた。

ほとんど行きずりに近い他人という気楽さがあったのだろう（というより、身近な人には打ち明けられなかったからか）、彼女はいきなり、子供ができてから一度も夫にセックスしてもらっていないのだと、私に打ち明けたのだ。

いきなりそんなことを言われても、と私は固まってしまったのだが、彼女は婉曲《えんきょく》な表現を使わずストレートに、「セックスしてもらえない理由が分からない」と何度も繰り返した。

彼女の話を要約すると、だいたいこんな感じだった。結婚前は夫の方が彼女に対して積極的で、彼女はあまり結婚に乗り気ではなかったが、あまりにも何度もプロポーズされたのでほだされる形で結婚を承諾したそうだ。いざ結婚してみるととても幸せで、半年ほどで子供ができ、夫もとても喜んでいた。ところが彼女の妊娠をきっかけに、夫が彼女に手を触れなくなった。彼女にしてみれば、妊娠中と赤ん坊が生まれたばかりの頃はかえってそれが気楽だったそうなのだが、ある日ふと気がついてみると、もう何年もキスはおろか、手をつないだり、相手の体に軽く触れることもなくなっていたのだそうだ。

そこまで聞いて私は内心「それは夫に恋人でもできたのでは」と思った。すると彼女は私の考えを察したかのように、夫は仕事が終わるとまっすぐ帰ってくるし、休日も一人で出かけたりはしないと言った。それでは確かに浮気の線は低い。

いつもの笑顔は消えてしまい、彼女は固い表情で続きを話した。少し前に彼女は思い切って「どうしてセックスしてくれないのか」と夫に面と向かって尋ねたそうだ。すると夫は「別に」と言うだけで黙ってしまったそうである。女の自分から意を決してした質問だったので、彼女はもうそれ以上何も聞けなかったと言っていた。

どう答えたらいいか分からなくて私がしばらくうなっていると、彼女は泣き笑いのような顔をして、子供ができて増えてしまった体重をダイエットとジム通いで落としたし、着るものも化粧も独身のとき以上に気をつかっているのに、夫は気がつきもしないと言った。そして「子煩悩だし、よく話もするし、その問題さえなければいい人なの」とつぶやいた。

私は彼女のことを全然と言っていいほど知らないし、もちろんその夫のことは見たこともないのだが（その気安さからか）、思わずこう言ってしまった。

酒乱の人に、よくお酒さえ飲まなきゃいい人って言うけど、その人はお酒を飲むんだから決していい人じゃない。あなたの旦那《だんな》さまもセックスさえすればいい人なら、しないんだからいい人ではないと思う。セックスしたらいいとか悪いとかじゃなくて、何年も妻に指一本触れない、その理由をちゃんと説明できない人が本当にいい人か？

よく知りもしない人に言い過ぎとは思ったけれど、なんだか私は腹が立って仕方なかったのだ。そのセックスレスな夫にも、ただじっと「自分が悪いのでは」と思っている彼女にも、彼女の「セックスしてもらえない」という言い方にも。あげるとか、もらうとか、そういう発想がすごく癇《かん》に触った。

その時は自分が離婚したばかりだったので、つい勢いで「あなたも別れちゃいなよ」と勧めてしまった。けれど彼女は、子供もいるし、私も夫が好きだから別れたくはないと小さな声で言った。なんとなく気まずい感じでその日は別れ、その後何度かスクールで彼女と会ったけれど、まるでそんな話はしなかったかのように明るく私に接してくれた。やがて彼女はスクールに姿を見せなくなった。

それから彼女がどうしたのかは知らない。けれど、そのあと同じクラスのおばさまに「最近来なくなったあの子だけど、夫婦仲がうまくいってなかったらしいわね」とこっそり言われて、彼女が私だけでなく、いろいろな人に相談していたことが分かった。

単に愚痴りたいだけだったのか、それとも人に慰めてもらいたかったのか（そのおばちゃんは、うちなんかもう二十年くらいしてないわよ、と笑い飛ばしたそうである）、真剣に解決策をリサーチしていたのか、本当のところは分からない。

でも、ひとつ分かったのは、忍耐強い人はやはり結婚生活も長く続く、という当たり前すぎる事実だ。私のように我慢が足らず、すぐ腹を立てて「やめたやめた」となる人間は、何も長くは続けられないのかもしれない。じっとじっと我慢したその先に、何かいいことがあるのかもしれないが、私にはその我慢の時間がもったいなく感じられて仕方ない。

## ジャニーズへの片思い

　でもまあ、世の中そんな悲惨な人妻ばかりではない。私が知っている結婚している女の人は、みんなそこそこ幸せにやっている。

　人妻というと「専業主婦で呑気《のんき》」というイメージが昔はあったかもしれないが、実際は結婚＝養ってもらえる、なんて考えている人は今はほとんどいないだろうし、夫の収入が多かろうが何だろうが、仕事を手放したくない人も多い。自分の仕事＋家事、どうかするとそこに育児も加わるので、呑気な専業主婦など、そうそう最近はお目にかかれない。

　仕事、家事、育児の三本立てで、睡眠時間も私の半分ほどで、土日だって子供と夫は家にいるので三六五日休みらしい休みはないという知人がいる。でも文句を言いながらも彼女は幸せそうだ。だからつい「幸せそうだね」と言ったら「じゃあ、一年くらい代わってみる？」と聞かれて慌てて辞退した。私は三人の子供と茶碗《ちゃわん》も洗わない夫に三六五日三食ご飯をつくったりできないし（彼女は子供と夫の昼の弁当までつくっている）、それに社交的な彼女は、私のように三日も四日もほとんど誰とも口をきかずパソコンに向かったりはできないだろう。幸せと苦痛の基準は、こうも人によって違う。

その彼女の目下の最大の楽しみは、テレビでジャニーズを見ることだ。スマップを筆頭に今は歌番組にもバラエティ番組にも、若く潑剌《はつらつ》とした彼らの姿を見ない日はない。私だってそれを見ているとつい顔がにやけてしまい、はっと気がついて誰もいないのになんだかすごく恥ずかしくなる。中学生の時、クラスで一番格好がよかった男の子を遠くから眺めていた時のモードに自分がなっていて、ちょっと情けない。

でも彼女のジャニーズへの入れ込み方はそんなものではない。ビデオ録画は当たり前だし、もちろんファンクラブに入っているし、たまには奥様仲間とコンサートにも足を運ぶ。普段、睡眠時間も削り、子供以外と遊びに行くこともなく、親戚《しんせき》付き合いもちゃんとこなす彼女の健気《けなげ》な姿を知っているだけに、夫は彼女が年に二回ほどコンサートに行く時は子供を見てくれて、寛容に送り出してくれる。

「演歌歌手の追っかけのおばさまと一緒だね」と言ったらものすごく嫌な顔をされて、「あなただって昔はやってたじゃない」と言い返された。そうでした。私は結婚している時、あるバンドにはまっていて、テレビ録画は当たり前、発売されているCDやビデオは全部買い、行けるかぎりのコンサートは全部行って（もちろんグッズも買いまくる）いたのだ。しかし、離婚したとたん憑《っ》き物が落ちたように、私はその追っかけ活動をやめた。こんなことを言うとその子にまた怒られそうだが、結婚している時、夫に不満はあっても別れたくはなかったので、せめてバーチャルな恋愛に走りたかったのだ。

その点、テレビの中の芸能人は都合がいい。ただ一方的に愛情を寄せ、一方的に幻想を膨らませていればいいのだから。実際に会うことがなければ、その幻想を守ることもできる。日によって好きな男の子が変わっても誰も傷つかない。

バーチャルな恋愛がつまらないとか、ストレスのはけ口だとか言いたいわけではない。ただ、いつかは現実を見なければならない日がくると思うのだ。

人妻だけではなく、独身の三十代後半の女性でも、今ジャニーズにはまっている人は結構多い。馬鹿な男とつきあって振り回されるよりは、確かにその方が何倍も心和むかもしれない。

別に悪くはない。たまに十代の女の子に混じってコンサートでキャーキャー言うのはストレス発散になるだろう。私がそれはちょっとヤバいかも、と思うのは、バーチャルであることを自覚できない場合だ。

人妻のことは、その点に関してはあまり心配していない。いくらなんでも、ジャニーズに入れ込みすぎて離婚、という例はまだ聞かない。心配なのは独り者（しかも三十代以上）のジャニーズ中毒者だ。たとえば絶対にテレビ録画を欠かさず、それを消さずに保存したり、休日にそのビデオを見る以外のことをほとんどせず、それが唯一の楽しみになっている人だ。そんなの私の勝手よ、と思う人は思っていてください。

歳をとると共に、生身の男性とうまくつきあえなくなってきた理由を、考えたくないのなら考えなくてもいいけれど。

そして、どんなにあがいても、人は三十代を越えて四十代に入ってゆくのだ。

# 4章　もう半分の人生

## 八十年以上生きねばならない

四十代から上は、今の私にとっても未知の領域である。

もしあなたが十代か二十代前半だったら、自分が四十代になった時どこでどうやって暮らしているか想像もつかないだろうし、もし想像したとしても「適当に結婚して子供でも生んで平凡に暮らしてるんじゃないの」という曖昧《あいまい》なものになるだろう。あるいは「結婚してるかどうかは分からないけど、何らかの形でちゃんと仕事をしていることは確か」としっかり考えている人もいるかもしれない。

個人的な意見としては、若いうちから日々そんなに将来のことを思いつめることはないと思う。ちゃんと考えなければならないのは、むしろ目の前にある今日と明日のことで、ずっと先にある老後のことを具体的に考えるのは、それこそ四十代に入ってからでいいと思うし、逆に言うと、四十代に入ればいやでも老後のことを具体的に考えなければならなくなる（らしい）。

私は小心者でせっかちなので、そろそろ具体的に老後のことを考えはじめようとした。しかしそのとたん気がついたのだが、もし老後というものを（たとえ微々たるものでも）年金がもらえる六十五歳からと想定した場合、それまでにまだ二十八年もあるのだ。今から老後になるまでに二十八年。うわ、びっくり。

そんな当たり前なことに驚いてどうするとも思うが、二十八年といえば、赤ん坊が生まれて学校に入って卒業して働きだして立派な大人になるまでの年数だ。その長さと同じ年数を、三十七歳の私はこれからまた過ごすのだ。それどころか、老後はそこからはじまるわけなので、八十五歳まで寿命があったとしたら、その後また二十年生きなければならない。

そんな長い時間、何をして過ごそうか。

結婚して子供がある人ならば、自分がたどってきた道を、自分の子供も入学卒業就職結婚出産とまたたどっていくのを確認することで、その年月にメリハリがつくかもしれない。だが、独身で、東京以外のところに住む気はなくて、結婚する予定のない私には、若い頃の年月に比べたら、それは圧倒的に変化に乏しい長い年月だ。

やりたいことが、ないわけではない。この仕事をできれば死ぬまで続けていきたいし、その間には小金を貯めて、小さくても自分の家らしきものはほしいと思う。友達と旅行にだって行きたいし、親が生きているうちに少しは親孝行もしたい。若い時のようにはいかないだろうけれど、できることならばそりゃ恋愛だってしたい。

けれど、多くの結婚している人に比べたら、独身の私は一見自由ではあるが(実際自由なんだけど)はっきり言って、何かを頑張る張り合いというものに欠ける。親は自動的に先にいなくなるだろうから、そのとき私には本当に家族がいなくなるのだ。そして家族がいないまま、二十年も三十年も過ごさなければならないのだ。

恐くないと言ったら嘘になる。考えると恐いので、普段はなるべく考えないようにしている。だいたいその長い年月、私は自分の生活費を稼ぎ続けることができるのだろうか。

けれど最近は、覚悟のようなものを徐々に固めつつあることも事実だ。

もし私と同じように三十代後半で独身で、これから先結婚するかどうか分からない、できるかどうか分からないという人がいたら、冷たいようだが私はこう提案する。

結婚するかもしれない、という仮定は捨てて、結婚できない覚悟をもとう、と。

人生何が起こるか分からないので、もしかして、ひょいといい人と出会って結婚するかもしれない。けれど、それは宝くじに当たるようなものなので、宝くじに当たることを想定して人生の計画を立てていいわけがない。

八十年以上生きる保証はどこにもないし、もしかしたら病気や事故であっけなく寿命がつきてしまうかもしれない。けれどそれと同じ確率だけ、家族のないまま、病気もせずに百年以上生きてしまうかもしれないのだ。長生きすることはおめでたいことというのが通説だが、実際は過酷なことでもあるなあと私は思う。

# 家族の行方

ひとつ、私の身近で本当に起こった、ある家族が消滅した話をしようと思う。

私は郊外のいわゆる新興住宅地で育った。うちのすぐ近くに住んでいた坂上家（仮名）は昭和四十年代に我が家より一日早く、同じ区画内に越してきていた一家だった。若い夫婦に子供が二人という典型的な核家族という点で、その一家とうちは大変似通っていた。ただの雑木林だった場所に開発された住宅地に、坂上家とうちが越してきた時、まだあたりは空き地ばかりで（今やぎっちりと家が建てられている）あちこちに雑草が生い茂り、春には大量につくしんぼを採ることができた。夜になると野犬が徘徊《はいかい》したり、どうかすると野ウサギまで見かけることがあった。

そこは、最寄り駅まで二十分以上かけて丘をひとつ徒歩で越えなければならない、新興住宅地とは名ばかりの田舎だった。ぽつぽつと越してくるニューファミリー達が建てる家はほとんどが平屋で、まだ電話を引いていない家も多く、うちなどは引っ越してきてからしばらくは、お向かいの家に用事があると電話を借りに行ったものだ（蛇足だが、そういう事情から昔は電話というのは玄関に置くものだった）。

同時期に越してきて、家族構成も夫婦＋子供二人＋犬というそっくりなものだったので、うちと坂上家は当然のように仲良く近所付き合いをするようになった。といっても特別親しかったわけではなく、いい具合に距離をとり、干渉しあわず、町内会の仕事や生協の共同購入を一緒にやっていただけで、特にトラブルもなく長い年月がたっていった。

子供の頃、私はよく坂上さんの家に遊びに行った。けれどそれは、私よりいくつか年上のお兄さんとお姉さんに遊んでもらうためではなく、坂上さんのおばさんが家で手芸教室をやっていて、母がそれに通っていたからだ。今そういう教室があるかどうかは知らないが、手編みではなく、機械編みというキーボードくらいの大きさの機械で毛糸を編むものだ。手編みよりもずっと早く目がそろった編み物ができ、私はよく母にセーターやベストや毛糸のパンツを編んでもらった。それは趣味というよりは実用に即していたように思う。

学校が終わって家に帰って母親がいない時は編み物教室なので、私はそのまま靴も脱がずに坂上さんの家に直行した。明るくやさしい坂上さんのおばさんは、そんな私をいつも歓迎してくれて、お菓子やジュースを出してくれた。そして私は、母や近所のお母さん達がジャージャーと機械の音をたてて編み物をするのを眺めたり、白く小さくキャンキャンほえるスピッツと遊んだりして、母が編み物を終えるのを待った。

中学生くらいになると、もう私は坂上さんの家に行くこともなくなった。近所ですれ違えば挨拶《あいさつ》したし、たまに母に代わって生協の荷物を取りに行き、軽く世間話をしたりもしたが、成長した私にとって坂上家は、ただの近所に建つ家でしかなくなった。

坂上さんのおばさんは、家で編み物教室をやっていたくらいだから（いつのまにやめたのかは分からない）人当たりがよくてやさしい感じの人だった。おじさんは会社勤めをしていてたまにしか見かけなかったが、子供の私にも、きちんと目を見て話をしてくれる、誠実そうな印象の人だった。そして傍目《はため》から見ても、夫婦仲はとてもよさそうだった。しかし彼らの娘や息子と私は遊んだ記憶がない。他の近所の子供達とはわりと集まって遊んだが、彼らが私達より多少年上だったせいなのか、坂上家の子供達はそれに加わったことはなかった。だが、彼らの感じが悪かったかというとそんなことはなく、お姉さんの方はお母さんそっくりで人当たりが柔らかく、お兄さんの方はちょっと真面目でシャイだったが、挨拶を無視するとか、そういうことはなかった。

そんなふうに坂上家は、長年の間、何の問題もない幸せそうな一家だった。

そんな坂上家の異変を耳にしたのは、ここ数年だった。私は大人になって結婚し、実家を出てよそで暮らして、離婚して一度戻ってはきたが、すぐまた東京で一人暮らしをはじめたので、これは全部実家に帰った時に、母から断片的に聞いた話である。

実家近辺ではここ数年、家の建て替えラッシュである。なにしろ宅地ができてからもう三十年以上たっているので、大抵の家では、子供が大きくなって独立するか、反対に結婚して同居するため二世帯住宅に建て替える家が多いのだ。ちなみに我が家は建て増しはしたが、一番古い部分は三十年前のままで、まるで増築を繰り返して訳が分からなくなった旅館のようである。

坂上家は古い家を取り壊して、家を新築した。お姉さんはわりと早い時期に嫁いでいったそうだが、お兄さんの方が何故だか結婚しそこなったのだ。いくつか見合いもしたらしいが（うちにも興信所の人がきて、坂上さんのお兄さんがどういう人か聞いていったことがある）結婚には至らなかった。これは私の想像でしかないが、もしかしたら坂上さん夫妻もお兄さん本人も、もう結婚をあきらめたのかもしれなかった。だから大人三人が住みやすいように、家を建て替えたのではないだろうか。

ところが、家を建て直すと人が死ぬ、という迷信を裏付けるかのように、家の新築が済んで本当にすぐ、坂上さんのおじさんが突然亡くなった。これには誰もが驚いた。特に悪いところはなかったのに、ある日頭が痛いと言って倒れ、そのまま目を覚まさず、クモ膜下出血で亡くなってしまったのだ。

残念なことだったが、坂上さんのおばさんは気丈で立派だった。悲しみは深いはずなのに、葬式が終わったあと近所の家を一軒一軒挨拶にまわって来てくださり、かすかだけれど、笑顔さえ見せた。結婚してもう子供も生まれたお姉さんはわりと近所に住んでいたので、彼女がしばらく父親がいなくなった家に泊まり込んでいたようだ。お兄さんも一緒に住んでいるし、坂上さん自身もまだ老人というような歳ではない。近所の人達も、一日に一度は坂上さんに声をかけるようにしたそうだし、おばさんがこの悲劇を早く乗り越えられるよう皆が願った。そして彼女は徐々にだが元気を取り戻し、一時休んでいた生協の集まりにも顔を見せるようになった。

たまに実家に帰るたび、私は母からそういうふうな話を聞いた。実家のあたりでは高齢化が進んでいるから、こういうこともこれからはよくある話になるのだろうな、と思うのと同時に、「他人ごとじゃないな」とも思った。もう私の両親も、突然そうなってしまっても不思議ではない歳になっていた。

その数年後、実家に帰った時、私は耳を疑うようなことを聞かされた。その坂上さんのおばさんが、また突然亡くなったというではないか。立ち直りつつあるように見えたのに、以前から患っていた病気が悪化して、夫のあとを追うように、あっけなくおばさんは逝ってしまったそうである。

　ここまでですでにやりきれない話なのに、実はそれから数年後に、新築した家に一人残されたお兄さんも亡くなったのだ。おばさんの享年は分からないが、お兄さんは四十九歳だったそうだ。

　子供の頃から知っているおばさんの死は単純に悲しかったが、長年連れ添った夫のところへ行ったのだと思えば納得もできた。けれど、お兄さんの死は悲しみよりも、私に大きなもどかしさといたたまれなさを与えた。ショックだった。

# 四十九歳独身の死

坂上さんのお兄さんの死因は、結局分からずじまいだった。

母が近所の人に聞いた話によると、ある夏の日、隣の家の人が坂上さんの家のエアコンが数日間、ずっとつけっぱなしになっていることに気がついた。真夏日が続いていたのでそれ自体は不思議ではなかったが、そういえば雨戸もずっと閉じたままである。ご両親が続けて亡くなって、突如一人暮らしになった息子がふさいでいることは周知の事実だったし、不安になった隣人が警察に連絡をしてみたのだ。そして、彼の遺体が発見された。

三十年以上も隣人であった町内会の人々が知った事実は、たったそれだけだ。警察から漏れ聞いた話によると、ずっと会社に出勤していなかったこと、大量に飲酒をしていたことだけで、自殺かそうでないかすらも分からなかった。そんなことを残されたお姉さんに聞けるわけがなかったし、聞いても彼が亡くなってしまった事実は変わらない。

ちょうどその年は、神戸で十四歳の少年が小学生を惨殺した年で、そういった事件なら、やりすぎなほどマスコミがあれこれ勝手に調べて報道するのに、ある小さな町の小さな人間の死は、誰にもその真相を探られることのないまま、忘れられようとしている。

坂上さんのお兄さんが亡くなった時、近所の人達は、今まであえて口にしなかった彼の素行について、ほんの少しだけ語りあった。彼は子供の頃も若い頃も無口でおとなしい人だった。けれど、いつの頃からかひどく酒に酔って、近所の家に「テレビの音がうるさい」と言って怒鳴り込んでくることがあったそうだ。そのたびに翌日おばさんがやってきて、謝られた方が恐縮するほど深く頭を下げていった。本人ではなく、おばさんが。

私は子供の頃も、大人になってからも、彼とまともに言葉を交わしたことがなかったように思う。実家を離れてからは、正直言って顔も忘れてしまって、きっと道ですれ違っても分からなかったに違いない。

彼は、どうしてそんなことになってしまったのか。

結婚しなかったから、結婚できなかったから、と、そんな理由で片づける気はさらさらないが、もし自分の身に彼と同じようなことが起こったら、と想像したら心底ぞっとした。

私と坂上さんのお兄さんの境遇は、そんなにかけ離れたものではない。ある日突然、両親が亡くなってしまったら、私は命綱をなくしたような気分になるのではないか。

中年と呼ばれる歳になるまで結婚相手が見つからないとは想像もしていなかったのに、

いざ現実にひとつひとつ歳をとっていっても、何故だか人生の伴侶《はんりょ》に巡り合うことができない人が、この世には結構いるはずだ。一人になりたいわけではなかったのに、じりじりと水位が上がるように一人になってしまった。こんなのは私の勝手な想像でしかないが、彼はそんな孤独のプールで溺《おぼ》れてしまったのではないか。

彼をこの世に引き留める、友達や恋人はいなかったのだろうか。彼には死んではもったいないと思えるような仕事はなかったのだろうか。彼を自暴自棄からすくい上げるものは何もなかったのだろうか。

赤の他人の私は、その話を聞いて、幾日も考え込んでしまった。

けれど、もし彼が一時何かに救われて（あるいは自力で乗り越えて）生きながらえたとしても、彼がその後老人と呼ばれる歳になって、一人で心穏やかに生きていくことができただろうか。

考えても仕方がないことを、私はそうして考え続けた。何故なら、私も同じように溺れ死ぬかもしれない恐怖があったからだ。

人生は人によっては一瞬のように短いが、人によってはほとほと持て余すほど長い。五体満足な体があって自由な時間があるならやりたいことをやればいい、と言うのは簡単だ。けれど「やりたいこと」というのは、簡単に見つけられそうで、実はそうそう見つからないものだと私は思う。

今や八十年以上もある長い人生、何をしていいやら分からないから、人はとりあえず結婚でもして子供でも生むのではないだろうか。乱暴だが、正直な私の実感である。そうすればなんとなく時間もつぶれるし、そこそこ幸せに充実して寿命を終えることができるからだ。それは幼稚園や小学校の季節の行事に似ている。もし何も行事がなく、勉強だけのために学校へ通うのだとしたら、味気なく退屈な子供時代を送ることになってしまうだろう。

けれど大人になっても、私達は心のどこかで、他人が行事をつくってくれると期待してはいないだろうか。学校を出て就職するまでは考えなくてもやることがいっぱいあるが、その後仕事に慣れて、それがルーティンになって飽きてきて、そろそろ結婚などして生活に変化をつけたいと思っても、入学試験や就職試験と違って、結婚は努力したらそれなりに結果が出るというものではない。

これぱかりは運（縁）によるところが大きい。性格がいい人が必ずしも良縁にめぐまれるとは限らないし、どうしてこの人がとまわりが思うような困ったちゃんが、幸せな結婚を獲得する場合もある。

今まで順調に節目節目の行事をこなしてきた人が、何故だか結婚だけができなかったりすることは十分ありえることなのだ。そうなると、思いもよらなかった茫漠《ぼうばく》な時間が目の前に広がり、人は立ちすくむことになる。

宇宙飛行士になりたいとか、ノーベル賞をとりたいとか、ハリウッドスターになりたいとか、総理大臣になりたいとか、そういう特殊な夢を持たないごく普通の人は特に、自分が「標準的な人生」を送れるものと、何の根拠もなく信じがちな気がする。自分だけは癌にかからないとか、交通事故や通り魔にあわないと、なんとなく確信している。欲を出さず慎《つつ》ましく暮らしているのだから、「ささやかで平凡な結婚生活」くらいは天が与えてくれるはずだと、心のどこかで思っていないだろうか。

偉そうなことは言えない。私にも身に覚えはある。

だから自戒もこめて、これから先まだ半分ある人生、独身のままだという覚悟を持ちたいと思う。

新築されたまま住む人がいなくなった坂上さんの家は、まだそのまま建っている。売りに出されているのかどうかも町内会の人々は知らず、たまに実家に帰って母にその後の坂上家のことを尋ねても、もう彼らのことが話題に上ることもないそうだし、母自身もすでに興味を失っているようだった。

## サバイバル

私が独身のまま一生を過ごす覚悟をすることに決めたのは、坂上さんのお兄さんが原因不明の死をとげた時だった。はっきり言って赤の他人の死である。けれど、それまで形がはっきりしなかった漠然とした危機感が、彼の死によってくっきりと輪郭を持ったのだ。私は表面上明るく振舞ってはいるが、もともと鬱《うつ》傾向があるし、仕事も華やかそうに見えても、いつどうなるか分からないあやふやなものだ。しかも私は社交が苦手で、他人とのコミュニケーションが不得手だという自覚もある。

私は彼のように死ぬのが恐かった。彼のように死にたくなかった。本当のところ、彼が不幸だったかどうかは誰にも判断はできないことだけれど、でもやはり、私は自殺だか突然死だか分からないまま、泥酔してエアコンをつけっぱなしで、警察に遺体を発見されるような死に方をしたくなかった。それならまだ遺書でも書いて、意志的に死んだ方がましだと思った。

結婚できなくても、下を向かずに生きてゆきたい。少しくらい不幸でいいから、凪《な》いだ心で歳をとっていきたい。そのためにはどうしたらいいのだろう。私は具体的に、その方策を考えはじめた。

今のところ、とりあえずの結論として、まず自分で自分の衣食住を確保できるくらいの経済力、そしてちょっとのことではグラグラしないマイペースを保つ心、数は少なくていいから信頼できる友人（この中には恋人も含まれる）。この三つを持つことが有効なのではないかと思った。

経済力については、今更ここで私が語るまでもないだろう。誰も彼もが働かなくてはいけないと言っているわけではない。人によって事情は本当に千差万別である。親の遺産や不動産収入がある人だっているだろうし、運悪くリストラされてその後なかなか思ったような職に就けない人もいるだろう。あるいは家族に病人がいて、その看病で働けない人だっているに違いない。

けれど働ける人は働いておいた方が自分のためだ。それも、歳をとっても、どこででもできる、いつの時代にも需要がある技術をコツコツと身につけた方がいい。特に女性は男性に比べて手先が器用だから、地道に技術を積み重ねていく職人系の仕事に向いていると思う。これはただの私の感想だが、料理、洋裁、理髪、野菜作りなんかができる人は、戦争が起こったって食べていけるだろう。今ならコンピュータもそれに加わるかも。やりがいとか華やかさとか、夢なんて言葉に惑わされてはいけない。歳をとっても安定した収入を得られる技術を身につけた人が、最後には生き残るような気がする。

しかし、仕事というのは生きてゆくためのお金を捻出《ねんしゅつ》する手段ではあるけれど、坂上さんのお兄さんだって普通に会社で働いていたのだ。収入という砦《とりで》だけでは、鬱という悪魔に侵略される可能性はまだまだある。

社会的な砦は、仕事とそれによる収入によって築くことができる。けれど本当に守らなければならないのは、個人の「心」なのではないかと最近痛切に感じている。

体はトレーニングで強くすることができる。けれど、心を強くする（あるいは守る）ためにはどうしたらいいのだろう。

人の意見に耳を貸さず、なるべく他人との交流を断ち、明るい心を保つために悲しみにくれている人に近づかないようにする。そうすれば確かに感受性が鈍り、誰に何を言われたってなんとも思わなくなるかもしれない。けれどそれを強い心とは呼ばないことは、誰にでも分かることだ。

鈍感であれば打たれ強くもなるだろう。繊細であればいちいち傷つくことが多いだろう。心というのは本当に扱いの難しいものだ。そして「心」という単語にはまるで良いもののような響きがあるが、でも人の心というのは柔らかいだけに、どんなふうにでも形を変え、時には凶器にもなりうる。私は坂上さんのお兄さんは、自分の心に殺されたのだと思えてならない。

## 一人では生きられない

独身のまま生涯を過ごす覚悟をすることと、結婚をあきらめることは、同じように聞こえても大きく違うと思う。

結婚をあきらめる、という台詞《せりふ》には、どこか絶望の響きがある。それは、その言葉以上のものをあきらめている気がする。たとえばお洒落《しゃれ》をするとか、健康に気をつけるとか、他人と深くコミュニケーションを図るということさえ放棄しているように感じるのだ。

私が常々悔しいけど仕方ないと思っていることに、「人は一人では生きられない」ということがある。それは、現実的にも精神的にもだ。今現在の日本で、たった一人で自給自足するのは不可能に近いし、心の健康と日々の張り合いのことを考えても、人にはやはり友達が必要だと私は思う。特に、生涯独身でいることを覚悟するのであれば、より一層。

私はかつて「友達なんて本当はいらないのでは」と思ったことが何度かある。前の方でも書いたが、最初は生まれてはじめての恋愛をした時だった。

その時は、恋人が自分の唯一無二の理解者であるように感じてしまい、今まで友達だと思っていた人達のほとんどが、表面的に仲良くはしても、心の内を割って話せない不必要な人に思えた。しかしその恋人を失った時、あんなに冷たくしたのに、何人かの友人は変わらずに私に接してくれた。ただグチを聞いてもらえるだけでこんなにも救われるものなんだ、ということを、幼稚な私ははじめて知って、私も身近な人が苦しんでいる時は、グチくらい聞けるだけの心の容量を持ちたいと思った。

次に「友達ってなんなんだ？」とまた改めて疑問を持つようになったのは、三十歳を越えてからだった。つらいことがあったら友達とグチを言いあう。それで笑い飛ばして、ストレスを昇華させること自体はいいことだと思う。けれど、歳と共にその友達の数がだんだんと増えていって、正直言ってキャパオーバーになってきたのだ。

二十代の頃と比べたら、仕事に対する本気度が十倍くらいになったのも関係していると思う。以前のように軽く「会ってご飯でも食べない？」と言われると、ものすごく冷たいようだけれど、「何のために？」と反射的に思ってしまう自分を発見した。

恋人とだったらもちろん会いたい。仕事の打ち合わせは仕事なんだから行く。長く会っていなかった友達にはやはり会いたい。たまには仕事と関係のない人と気軽にお酒でも飲んではしゃぎたい。そういう当たり前な感情はあるのだが、その回数が頻繁になってきて、毎晩のように出かける用事で手帳が埋まっていった時、私はパニックを起こした。もともと外へ出かけるよりは、家で一人で本を読んだりぼんやりするのが好きなのに、その時間が社交に侵食されつつあることに気がついた。で、友達なんかいらない、と久しぶりに思った。私は人に会う予定を入れるのが嫌になり、電話を常に留守番電話にしっぱなしにして、本当に必要以上には人に会わなかった時期があった。それこそ生身の人間に会って話すよりは、テレビでジャニーズでも見ている方が心が和んだ。

そうしてやっと落ち着きを取り戻した私は、また徐々に人に会いはじめている。その内向的な時期を経てみて、分かったことがあった。縁のある人はしばらく会わなくても、その形を変えながら続いていくものだし、疎遠になる人とは疎遠になっていいのだということに気がついたのだ。

以前は人の誘いをうまく断れなかった。人を誘うというのは案外勇気がいるものだと知っていたので、それを断るのは悪い気がしたし、断ることによってその人から嫌われるのも、やはり恐かった。なるべく外に出るようにしないと、「もしかして結婚するかもしれない人との出会い」を逃してしまうような強迫観念も、どこかにあったかもしれない。

でも今は誰に嫌われても、誰かに出会えなくても構わないと思えるようになった。それは「ここからは入ってきてほしくない線」と「最低確保したい自分の時間」が明確になったせいもあると思う。そうなってみて、不思議なことに、やっと友達とはどういうものなのかが少し分かるようになった気がする。

本当の友達は礼儀正しい。そして、こちらも礼儀正しくしなければ、人は去っていく。さらに、一人の人間が持てる友達の数というのはそう多くはない。なぜならば、たくさんいたらいただけ、メンテナンスがおろそかになるからだ。メンテナンスという言葉が嫌ならば「常に心のどこかで気にかけている気持ち」とでも言ったらいいか。

どうして友達は必要か。

ひとつにそれは、友達は自分を映す鏡であるからだと私は思う。もし自分のまわりにつまらない人しかいないと思うなら、それはあなたがつまらない人間だからだ。グチっぽい人ばかりがまわりにいると思ったら、それはあなたがグチっぽいからだ。そうやって今あなたが友達と呼んでいる人を観察すれば、客観性を持つことができる。友達がとてもやさしいと思うなら、それはあなた自身もやさしいのだ。ひとつの肉まんをぱかりとふたつに割って渡すかのように、人の心のやさしさを与えたり与えられたりできるのが友達だと私は思う。

テニスもキャッチボールも、壁相手にできないことはない。たまには壁に向かって練習するのも楽しい。けれど、向こう側に相手がいて、拾いやすいところに投げたり、わざと難しい球を返したり、そうやってふざけあってラリーをしたらずっと楽しいし、自分の実力とその時の心の体力もよく分かる。

　そうして他人と親しくかかわると、楽しいラリーをしているはずが、ついむきになってトラブルになることもある。その後仲直りできることもあれば、そのまま物別れになってしまうこともあるだろう。そうして場数を踏んでいくうちに、自分がどんな人とならラリーを楽しむことができるのか、トラブルが起きても、その修復方法が分かるようになっていく。

　それが、心を強くする、ということなのではないだろうか。

　体の筋肉は、一人きりでも鍛えることができる。けれど心の筋肉は、他人と関わることでしか鍛えられないような気がするのだ。

　でもそれは言うまでもなく、始終人と一緒にいろということではない。ラリーが下手なつまらない人は、同じようにつまらない人としか関わることができない。

　あなたが関わりたいと思う人はどんな人だろうか。休日は一人ではいられずいつも誰かと一緒で、特になんの趣味もなく、話題といえば仕事かテレビでやっていたことぐらいで、家で何もしていなさそうな人とラリーをして楽しいだろうか。

　独身のまま生涯を過ごす覚悟をするのなら、真の意味の友達が必要だろうと思う。でもそのためには、まず一人でも充実して過ごせなければ、友達をつくることはできない。友達は寄りかかるために存在するのではない。もちろん、恋人も夫も。

## 少数派の覚悟

ほとんどの大人が結婚する今の世の中では、残念ながらいい歳こいた独身者は少数派である。その少数派であることを、自ら積極的に選び取った人には最初からその覚悟があるわけなので、それほど心配はない。問題は、少数派になるつもりなどなかったのに、気がついたらそうなっていた人だ。しかしそれは、その人だけに責任があるわけではないと私は思う。

物事には、自分の努力次第でなんとかできることと、努力だけではどうしようもないことがある。たとえばそれは男女の仲であったり、懐妊であったり、病気であったりする。もし、あなたの友達が子供ができないことで悩み苦しんでいたとしたら、あなたはどう彼女を慰めるだろうか。希望を捨ててもいけないし、けれどその反面、子供を持たない人生というものも考えていいのではと、助言するのではないだろうか。

結婚も同じだと思う。どんな人にも、もう結婚できないとは誰も断言することはできないが、結婚しない人生というものも、受け入れる心構えをした方がいい。

子供を生むことを(とりあえず)あきらめた人には、子供にかけるはずだった膨大な時間とお金が浮くことになる。それをどう使うか。夫婦であちこち旅行をしたり、本格的に仕事や趣味に精を出したりするのもいいだろう。しかし、もし子供がひょっこりできてしまった時のために、ある程度の資金はプールしておくのも肝心だ。

同じように、これからもずっと独身であると(とりあえず)覚悟を決めた人にも、結婚式や新婚旅行や新居にかかる費用や労力、配偶者とその人間関係にかかわる膨大な時間が浮くことになる。言うまでもなく、ひょっこりいい人が現れた時のために、多少の資金は貯めておく。しかもこの資金は、いざという時、たとえば突然病気になってしまった時や、思いがけず会社を興すなんてことになった時にも使える。

生涯独身でゆく覚悟をすることと、結婚をあきらめることとは、こんな感じで違うのだということが、分かっていただけただろうか。

そして、少数派になってしまった人間が逃れられないのは、世間の風当たりの強さである。それに吹き飛ばされない強さを身につけた方がいい。

人々は無邪気に「結婚しないの?」と幾度も飽きずに質問してくるだろうから、それにいちいち傷ついていたらキリがない。けれど世間の目よりも恐いものは、実は「世間の目を気にするあなた自身の心」だ。人からどう見えているのか、みじめに見えているのではないか、そう萎縮《いしゅく》してしまう心が、何よりもその人を苦しめる。

人にはそれぞれ事情があって、自分が生まれ育って今も暮らしている土地から離れることは難しいことかもしれない。けれど、もしあなたが「結婚していることが当たり前な地域」に住んでいるのなら、できることならば、その土地から脱出した方が心の健康のためにいいと思う。

特に友達にならなくても、目に見える範囲に、同じようにいい歳こいて独身の人が何人もいて、その人達がまあまあ楽しそうにやっていることを感じ取れれば、結婚できなかった自分のことを必要以上にみじめだなんて感じなくて済む。

そしてそこに、働く喜びを感じられる仕事と、人のあたたかさを感じさせてくれる同性と異性の友達がいれば、もっと心強いはずだ。

人の心は弱いものだ。だから少数派になっていきつつあると感じたら、自覚的に環境を整え、自分自身で守ってやらなくてはいけないのだと思う。あなたの心を守れる人はあなたしかいないのだから。

# 知人と友人

学生の頃、私は友人と知人の区別を、そうはっきりつけていなかった。だいたい人を知人というカテゴリーでくるということさえ知らなかったように思う。クラスや部活動で一緒だった人はみんな「友達」と呼び、彼氏は彼氏、バイト先の人はバイト仲間、家族は家族、親戚《しんせき》は親戚。つまり、世界がその程度に狭かったのだ。

「知人」という認識を持ちはじめたのは、もしかしたら二十代後半かもしれない。友人ではないけれど、なんらかの関わりがあった人。それは今時の若い人が、携帯電話のメモリーに登録しているような人数だ。彼らはその三桁《けた》を越える人間を友達と呼ぶのだろうが、私にとっては明らかにその人達は知人である。友達という称号（というのもなんか偉そうだが）を持っているのは、二桁に乗るか乗らないかというところだ。

だからといって、私にとって知人が友人に比べて、ランクが落ちるというわけではない。白状すると、以前は確かに友達ではない人を「ただの知人」とどこか軽んじていた部分があった。けれど最近それは間違っていたと、とても反省している。

一人の人間が、一生のうちに出会える人数には限りがある。しかも、複数回会うことがある人はもっと限られる。その中には嫌いな会社の上司や、会いたくもない横柄な取り引き先の人なんかも含まれるだろうから、「この人はわりと感じがいいな」とか「気が合いそうだな」と思える人は、想像しているよりずっと少ないのではないか。

仕事がある時にしか会わない人や、以前仲がよかったけれど遠くに引っ越してしまった人や、結婚して子供が生まれて頻繁には会えなくなって話題も合わなくなってしまった人は、確かに今、私にとって知人の域に入る。

けれど、何か機会があればその人達にも是非会いたいし、縁があればまた友達と呼べるほど親しくなるかもしれない。だからせめて、年賀状くらいは出しておこうと思っている。

離婚して一人になったばかりの頃、慣れなくてつらかったことがある。それは夫という唯一無二の存在を失ってみてはじめて、私はあまりにも多くのことを夫一人に求めていたかを知った。三六五日、一緒に暮らすのは夫。うちでご飯を食べるのも、外食するのもほとんど夫と。映画を見に行くのも夫と。家でビデオを見るのも夫と。旅行もほとんど夫とだし、ゲームも飲酒も夫と。正月もゴールデンウィークもお盆も誕生日もクリスマスも夫と過ごす。これではお互いストレスがたまって当たり前である（しかしこういう夫婦は結構多いのではないかと思う)。

その万能に近かった存在をなくして、最初はとても戸惑った。これからは誰と外食したり映画を見たりお酒を飲んだりベッドを共にしたり、正月や誕生日やクリスマスを過ごしたらいいか分からなくて不安だった。誰かまた、一人の男の人に夫のかわりをしてほしかったが、そんな都合良くかわりの人が現れるわけがなかった。

けれど季節を二巡する頃には、「なーんだ」という感じで、私は落ち着きを取り戻した。何故なら私にはいっぱい知人がいたからだ。一人でいたい時は一人でいればいいし、誰かと話をしたい時には、友人か知人に連絡をとればいいのだ。友達にしか会わないと決めてしまうとその数が限られるし、私の都合に合わせて、友達が時間がとれるとはかぎらない。けれど知人ならいっぱいいるし、ほとんどの人が久しぶりなので、誰か都合の合う人がいるものだ。

こういうと、なんだか自分の都合のいいように知人を利用しているようだが、実際そうなのかもしれない。けれど私も誰かの知人として、たまのお誘いに出ていくことはわりとある。ある意味、知人というのは気楽なのだ。深刻な話をしないで済むし、別れ際も「またそのうちね」と軽くていい。人と人との濃い関係は人生には必要だろうが、では薄い関係は不必要なのかというと、そうではないように思うのだ。

映画に行くのは新しく知り合った人と、お酒を飲むのは楽観的な人と、旅行はそのとき親しい人と、正月は親が生きているうちは親孝行もかねて実家で過ごし、誕生日はその時その時の気分で一人だったり誰かとご飯を食べたり、クリスマスは今の私にとって特に大事な行事ではないので（これは人によるだろう）年末だからだいたい仕事でつぶす。

そうやって、結婚している時に、夫というたった一人の人間に要求していたものを、分散させることを私は覚えた。これは一人でやっていく上では、とても有効なことだった。なにしろ一人一人にかける重圧が減るし、こちら側の期待という名の重圧も減る。

そうしてゆくうちに、その時々によって友達が知人になったり、知人が友達になったりする（私も他の人の友達になったり知人になったりする）。

友達、というと、どうも「ずっと友達でいなきゃいけない」ような感覚があるかもしれないが、それはとても流動的で、その時のその人の事情によって変わっていって当たり前だと思うし、疎遠になっていく人を責めるのも間違っている気がする。

夫や特定の恋人を持っていない人は、心の健康のためにもどんどん知人を活用したらいいと思うし、私もたくさんの知人から面白がられるネタ（特技や特徴）を育てていきたいと思う。

## 恋愛感情と友情

女友達をつくることは比較的簡単だ（とは言ってみたが、人によってはそうとはかぎらないようだ）。けれど、男友達というのは微妙である。

男女間の友情は存在するだろうか、という問題はもう議論しつくされている感があるが、私個人は、それはもう歴然と存在すると思う。人は性別年齢国籍なんかを越えて、誰とでも友達になれる可能性があると思う。人類皆兄弟的な博愛精神で言っているわけではない。たとえば学校や会社という小さな世界の中でも、こいつとだけは絶対友達になれないと思う人がいるだろうし、人の価値観は刻一刻と変わっていくものなので、たとえ「気が合う」と思える人に出会っても、一年後にその人と同じように気が合うとはかぎらない。だが「この人は私とは違う」という感覚を面白がることができれば、言葉がろくに通じなくても、心が通じる瞬間というのはあると思う。

赤の他人だった人と人が、なんらかのきっかけで知り合って、一緒にいるとお互い楽しかったりほっと和んだり元気が出たり、そうやって親しくなっていくことにおいては、恋愛感情と友情というのは、本質的にはそう違わないのではないかと私は思う。ただその相手が異性だと恋愛になる確率が高く、同性ならば大抵は友情となる（もちろん例外もある）。

けれど、確かに恋愛感情というのは、そのバリエーションが広い。夫や恋人に対して「一番の友達」という感覚を持っている人もいれば、「恋人は友達とは全然違う」と思っている人もいるだろう。そして同じ一人の人でも、つきあう男性のタイプによってフレンドシップが前面に出たり、明らかにラブな関係になったりもするだろう。

恋愛感情というのは本当に厄介だ。厄介だけれど、友人関係という礼儀正しく、ある線から深入りしない人間関係では味わえないものを、恋愛感情は教えてくれる。

鳴るか鳴らないか分からない電話をじりじりと待ったり、深夜の突然の誘いに化粧して着飾って出かけてみたり、仕事が忙しくて会えないと言われただけで嫌われたのかなと落ち込んだり、普段作らないような凝った料理を作ってみたり、もらったメールの返事をプリントアウトしてバッグに潜ませていたりするのが恋である。

彼のことが大好きで性的関係もあってお喋《しゃべ》りも楽しくて、明らかに恋人と呼べる存在でも、そういうふうな「恋」な気持ちにはならない関係もある。その方が長続きするだろうし、結婚相手にはそういう友達タイプが向いていると私は思うが、感情のアップダウンを自分でコントロールできず、相手を独占したいと激しく願う感情も人間にはあって、そういうことは身をもって経験しないと分からないことだ。身にしみて知っていれば、次に同じような事態が訪れた時に多少は冷静に行動できるだろう。恋人の何気ない一言で天国に上ったり地獄に落ちたりしないで済むし、友達がそういう状況の時、どう見守っていけばいいかも分かる。恋は人に愚かなことをさせるが、それは決して無駄なことではない。

男友達の定義というのはとても難しいけれど、わかりやすくするために、性的関係をもたない男性をそう呼ぶことにしてみる（過去にはあっても今はない、もアリ）。

そもそも、異性の友達が何故必要なのだろうか。

性的関係をもたないのなら、友達はみんな同性でも構わないはずだ。実際、親しい異性は恋人一人で、友達は全員女の子という人は多いだろうし、それで不都合はないだろう。けれど、男友達をつくらない（できない）女の人は、どうも男の人を恋愛の対象にしか見ていないような気がするのだ。純然たる男嫌いの人もいるのでそういう人は例外だが、たとえば男の中には「女は女」としか見ていなくて、「女も女である前に一人の人間である」という視点が抜け落ちている人がいる。自分の彼女を「俺の女」などと表現する男だ。

どうか怒らないで聞いてほしい。恋人以外の男性とまったく接触がなく、接触する気もない女性には、それに近いものがあるような気がするのだ。男の人だって、男である前に一人の人間なのである。どんな民族でどんな肌の色をしていたって、一人の生きている人間であるように。

男友達は、いなくても生きてはゆける。けれど、いたら日々はもっと豊かに楽しいものになると思うし、視野がぐっと広がると私は思う。もし毎日特定の一人の男性（夫や恋人）としか話をしないと、「男の人とはこういうもの」という固定観念ができあがってしまう恐れがある。男の人とは、ずぼらでお皿を洗わなくて週に何度もお酒を飲んで、野球とプロレスと車に興味があって、仕事であれば休日でも嫌々出かけていくもの、なんていう、ある一人の男性像が、全部の男性に当てはまるような気がしてしまうのだ。言うまでもないが、女の人にもブランド好きな人もそうでない人もいるし、恋愛小説を読む人も読まない人もいるし、家事が好きな人も嫌いな人もいる。同じように、男の人だって千差万別なのだ。

しかも、夫や恋人はあなたの前で、意外とその役割をうまく演じているのだと私は思う。夫っぽく、恋人っぽく振舞っているのだ。その点、ニュートラルな関係の男友達は、よくも悪くもあなたとの間に一線を引いて、礼儀正しく、かつ「彼女や妻には言えない悩み」なんかを打ち明けてくれる。男性は女性よりも、弱みを人に見せるのが苦手だそうで、男同士では言えない弱音や、彼女や妻に言ったら絶対怒られることを、女友達には話せるとある男性から聞いたことがある。だからまあ、異性の友達が必要なのは、本当は女の人より男の人なのかもしれない。

夫や恋人に、友達タイプと恋愛タイプがあるように、一口に男友達といってもその幅は広いだろう。いくら仲が良くてもまったく恋愛感情はない人もいるだろうし、つきあっているわけではないけれど会うとデートっぽくなる人は、それこそまさに「ボーイフレンド」である。男友達をその二種類にきっちり分けられるわけはないけれど、便宜上、恋愛感情のない「男友達」と、多少気がある「ボーイフレンド」に分けてみる。

私が「男友達」と話していて一番面白いと思うのは、彼らの本音が聞けることだ。私は男ではないので本当のところは分からないが、男の人も下心を持つ女性とお酒を飲んだりするのは心が躍る反面、緊張もあると思うのだ。それがまったく「くどいてやろう」とは思わない異性と飲むと、彼らはみんなとてもリラックスして、酔えば酔うほど弱音を吐いたり自慢をしたり、これからやりたいと思っていることを話したりしてくれる。申し訳ないけれど、私はそれを内心にやにやして「かわいいねえ」などと思って聞いているのだ。そして、そうやって本音を話してくれると、男性がいかに女性と違う目で社会を見ているかがよく分かる。やっぱり男性の方が、冷静で論理的に物事を考えているんだな、と思うし、政治や経済のことをよく知っていて単純に尊敬してしまう。男友達はそうして、少しだけ男の目を通した世の中をかいま見せてくれる。

「ボーイフレンド」の方は、お互いまんざらではないと思っているわけで、会えばそれは疑似デートのようになる。そういう時は向こうも多少は気取っているので、男友達ほどは本音を聞けたりはしないけれど、三十代の独身女性はこの疑似デートがまったくなくなってしまうと、いざ好きな男性ができた時にその勘を取り戻せなくて、不必要にうろたえてしまうと思うのだ。まあ恋愛体質でない人は（もう嫌味ではないことは分かっていただけますね？）そんなものは必要ないだろうが、自分が恋愛体質だと自覚している人は、やはりボーイフレンドを持った方が日々の張り合いのためにもいいと思う。

ただ気をつけなければならないのは「男友達」にも「ボーイフレンド」にも、甘えすぎてはいけないということだ。彼らは恋人ではなく友達なのだから、女友達に接するのと同じように礼儀正しくしなければ、せっかくの友達を失うことになってしまう恐れがある。

そりゃ異性同士なのだから、いつ何があっても不思議じゃないけれど、淋《さび》しかったり嫌なことがあった時、ついホテルに誘ってしまったりすると、あとで後悔するのは、相手じゃなくてこちらであることの方が多いのではないだろうか。

若いうちは、そんなこんなでつきあうことになっちゃいました、でほほえましい話で済むかもしれないけれど、独身で通す覚悟を決めたあとは、男友達にはその辺の礼儀はわきまえた方がいい。一生友達でいられた人との仲を壊すことになりかねない。寝ること自体は簡単なことだ。けれど、前にも言ったように、男の人も男である前に一人の感情を持った人間なのだ。寝てしまったあとで「あれはなかったことにしてほしい」なんて言うのは、遊び好きな男の言い分と変わらないことを肝に銘じてほしいと思う。

## 友達のつくり方

女友達ができにくい女性を、私も何人か知っている。たとえば、ものすごく恋愛体質で女の子といる時間がもったいないと思っているタイプの人。一種独特の「女の子集団のノリ」についていけない一匹狼タイプの人。一見そつがなくて人なつっこいけれど、同性の友達にも恋人にするように甘えてわがままを言うタイプの人。今思いついたのはそんなところだが、他にもいろいろな理由で同性が苦手な人がいるだろう。

人生には友達が必要だと言ったばかりだが、なんにでも例外はあるように、友達なんかいなきゃいないで大丈夫な人は結構いるのだと私は思う。恋人なんかいなきゃいないでいい非恋愛体質の人がいるように。この世からケーキがなくなっても、さほどダメージを感じないであろう味覚の私がいるように。

前にも言ったように、問題は友達がいないことではなく、「友達がいない自分はみじめなのでは」と思い込んでしまう心の方なのだ。友達がいないと、なんとなく人として欠陥があるような気がするという理由だけで、大して気も合わない人達と過ごすのは時間の無駄遣いだと私は思う。もし、友達と呼べる人が(同性でも異性でも)一人か二人いるのなら、それで十分なのではないか。

それでもやはりちゃんとした友達がほしいと思う人。これから先、生涯独身で通す覚悟をする上で、自分には血縁以外の親しい人が足りないように感じる人は、どうしたらいいだろうか。

くさいことを言うようだけれど、友達も恋人も「つくる」ものではなくて「できる」ものだと思う。努力ではなんともしがたい領域のものだ。本当に心の通いあう恋人と巡り合うことが難しいことのように、しっくりと心がなじむ友達と巡り合うことは、案外難しいことだ。

私にも、どうやったら友達や恋人ができるのかは、実はよく分からないので、うまく説明はできない。

けれど今、自分と親しくしてくれる友人達とどうやって知り合ったかを考えてみると、それはやはり、自分がやりたいことをやっていく過程の中で、自然と巡り合ったようだ。学生時代のクラブで、アルバイト先で、会社を辞めてこの仕事をはじめ、それを続けている間に、勉強したくて通った英語学校で、私はたくさんの人と知り合って、その中から少数の心の通いあう友人を得た。

けれどそれは、映画の中の男女が恋に落ちるように一気に親しくなったわけではなく、自分がやりたいことをやっていく過程の中で、何度もその人と必然的に会い、ゆっくりと長い時間をかけて親しくなっていったのだ。だから焦りは禁物だ。「あ、この人とは気が合いそうだな」と思っても、一気に友達になろうとするのは危険だと私は思う。それは男女の恋愛関係でも言えることで、追われれば人は逃げたくなる。無理してその人の趣味に合わせても、そういうあざとい誘いは案外簡単に見抜かれるものだ。

まあ結論としてありふれてはいるが、相手の気持ちも考えて思いやりをもって、自分自身も気持ちに余裕を持ち、ゆっくりと人に接していけばいいのではないだろうか。

やりたいことを一生懸命にやっていれば、そこで必ず親しい人はできる。けれど、問題はやりたいことが見つからない人だ。

前にも言ったが「やりたいこと」とは、そうそう簡単に見つかるものではない。故に、友達というものも、そうそう簡単にはできないということになるわけだ。

# 何をして生きていくか

今これを書いている時点で私は三十七歳で、もしかしたら今からその倍の年月を生きるのかもしれないと最近強く自覚して、かなり困惑してしまった。そこに一回り年下の友人からメールがきていたので、つい「あと半分ある人生、何をしていったらいいと思いますか?」と質問メールを返したら「山本さんに分からないことが、私に分かるわけがございません」と返事がきて笑ってしまった。

こんなところで告白することでもないでしょうが、私には趣味がないのです。雑誌のインタビューなどで「ところで、仕事以外で興味のあることは何ですか?」と聞かれると、本気で絶句してしまうのです。

私はワーカーホリックの親父のように、仕事に関わること以外、特に熱中できるものがない。熱中できる仕事があればそれだけで十分だとも言えるが、この先まだ半分あるであろう人生を、仕事だけで埋めていくのはあまりにも色彩や潤いに欠けるのではないだろうか。サッカーチームの応援や、楽器演奏や、お茶やお華や料理や、映画や語学や写真や動物飼育や、スポーツや釣りやコンピュータゲームや、なんでもいいから熱中できる趣味を持っている人が私はうらやましい。職業柄、私の興味は広く浅くで、深く潜っていこうというエネルギーがわいてこない。

生涯独身で通す覚悟をした私は、経済的な砦《とりで》と、心を守る砦をこれからもより強固にしてゆこうとは思っている。けれど、そんなに砦ばかり高くして、頑丈な城を築いて、私はどうするつもりなのだろうか。そびえ立つ壁に頑丈な門を作り、慎重に身体検査をして危険人物でないことを確認した人だけを招き入れて、それで人生楽しいだろうか。それでは鎖国していることと同じではないか。

私は十代の時からふと大きな虚無感や無常感に襲われて、生きていることそのものがしんどくなることがあった。けれどそれは私だけではなくて、多くの人が同じような経験をしていることを大人になって知った（そういう気持ちにまったくならない人も世の中にはいることも同時に知った）。私だけではなく、みんなもそうなんだと知って、では慰められたかというとそうではなく、ただ周期的に襲ってくるエアポケットのような「生きてるのがしんどい」気持ちを、人生から排除するのは不可能だということが分かった。

たとえばものすごく腹が立った時、私はその気持ちを仕事にぶつけることができる。些《さ》細《さい》な日常のイライラや社会への大きな憤りは、私がものを書く上での原動力になっているとも言える。

けれど「生きてるのがしんどい」という気持ちは、どこへも持っていきようがない。ただもう何もする気になれず、その真っ黒な気持ちが去っていくのを待つしかない。友人知人にぶつけることもできず（そういう時は誰とも口をきくのが面倒）、最低限やらなくてはならない仕事だけして、あとはベッドでじっと目をつむっているだけだ。一晩眠れば治ることが多いけれど、治らない重症の時もある。泣いてすっきりする時もあるし、泣いたくらいでは治らない時もある。

で、少し無理をして、一人で映画を見に行ったり、デパートで洋服を買ったり、普段買わない女性誌を買い込んでだらだら読んでみたりする。こういう時、何か本当に好きで熱中できる趣味があったらなあと思うわけだ。

私が楽しいと思うことは何だろう、とぼんやり考える。死にたいなんて呟《つぶや》いてみても、本当はまだ生きてるうちにやってみたいことのひとつやふたつはあるのだ。ああそうだった、どうせ死ぬならその前に貯金をはたいてアレ買ってコレ買って、あそこにも旅行に行って、ずいぶん会ってないあの人とも会ってみて、その前にうまい寿司《すし》でも食べようか、と考えているうちに、いつの間にかエアポケットから抜け出している。

元気を取り戻した私は「はー助かった」と胸をなでおろすわけだが、これから先まだ長い人生、何度もこれを繰り返すのかと思うと、かなりうんざりする。

若い時は、こんな鬱《うつ》爆弾を抱えている私は、きっと長生きできないに違いないと思っていたのだが、最近は「でも長生きしちゃうかもしれない」可能性というものを自覚したので、これはなんとかしなくちゃ自分が苦しいだけだと、真剣に思いはじめた。

仕事は見つかった。友人もいてくれる。けれど、これからもう半分ある人生で、鬱爆弾の真空管を抜く何かを私は見つけなければならないだろう。

それはいったい何だろう。まだ今の私には分からない。

ただ、おぼろげながら分かるのは、鎖国を続けているうちは、この鬱爆弾を処理することはできないのではないかということだ。

人は一人では生きられない。よほどの変人か仙人のような人でなければ、人は世の中と無関係には生きられない。しかも、その世の中というものは固定されたものではなく、ものすごい速さで形を変えていて、それにいちいち適応していくのには、体力も技術も精神力も要る。そんな化け物のような世の中から自分を守るために、一人きりで孤高の城に籠《ろう》城《じょう》すれば、やがて孤独に自滅する。その矛盾をどうしていったらいいのだろう。

いつも手を握ってくれる伴侶《はんりょ》がいれば、乗り越えていけることなのだろうか。私にはまだ分からない。それとも、恐がらなければいいだけのことか。城の門を開け放ってみればいいだけのことなのかもしれない。

人生は二者択一の連続だけれど、いつも自分が選びたいカードを選べるとは限らない。結婚しているはずの人生だったのに、生涯独身という選びたくなかった方の人生を生きなければならないこともある。

もしも、あなたが若いうちに結婚をしていて、子供も三人くらい生まれて、夫の少ない給料でやりくりする家事と育児の毎日に追われているとしたら、うるさい子供を寝かしつけながら「あーあ、もしもあのとき結婚せずに仕事を続けてたらどうだったかなあ」ときっと想像したはずだ。その方が自由で充実した人生だったのではないかと。でもまあ、夫は結構いい人だし、生んでしまった子供だから仕方ないし、なんて苦笑いしながら。

その「もしも」の、もう片一方の人生が、今ここにある私とあなたの行く道なのだろう。仕方ないと、私も苦く笑うことにする。

# あとがき

今時の結婚は、週末婚、別居婚、事実婚、と色とりどりで、家庭外恋愛も華々しく、不倫なんて別に珍しくもへビーでもなくなってきたようだ。昔のように親戚《しんせき》付き合いで縛られない方法もいろいろあるみたいだし、離婚だってどうかすると箔《はく》のひとつ。

じゃあ、いいじゃん、結婚すれば。

なのにやはり、いつの時代も踏み切れる人と、踏み切れない人に分けられるようだ。やっちゃう人と、やらない人。考えなしの人と、考えすぎの人。

あなたはどちらですか。

私はやっちゃって失敗して、考えすぎになってしまった人かも。

今、私は結婚したいわけではないのに結婚したい。

なんだかよく分からない結論になってしまって申し訳ないのだが、きっと私はこのままいけば生涯独身なのだと思うし、その覚悟はついているし、それを楽しもうとは思っているが、消えそうで消えない結婚願望というロウソクの火を、必死で守ることも、ヤケになって吹き消すこともしないでおくことにする。

そして、私の命とどちらが先に消えるかは自然に任せておけばいいや、なんて余裕なことを考えられるようになった。

好きな人とはやっぱり結婚したい。でも、したいと思うことと、本当にすることとは別のことなのだということが、やっと少し分かってきた。

本当は女性からも男性からも公平に読めるものにしようと思ったのだが、書いていくうちにやはり女性の「あなた」の味方になってしまった。男の人が考えていることは、私には想像でしかなくて、実は全然分からない。

恋愛というのは社会の中ではすごくプライベートなことで、それに対し結婚というのはパブリックなものである。

つまり恋愛結婚というのは公私混同なわけで、最初から矛盾を含んでいるのではないか。

そして人は「一人では生きられない」のに「一人で生きていかなければならない」ものだ、

なんてこれを書いている時に気がついたりした。

公私混同するのが人間。矛盾しているのが人間。うまくいかなくて当たり前。

人の結婚式に出るたび思うことだが「幸せになります」っていうのは、どんなものかな。今までは幸せじゃなかったのかな。その前に、人は幸せじゃないといけないわけなのかな。少しくらい不幸でもいいじゃないかよ。

でも、結婚した人には、おめでとう。ずっと仲良く過ごせるように。

結婚したくてしたくて仕方ない人には、結婚できますように。

生涯独身でいる覚悟をした人には、私もそうだから大丈夫だよ。同じ人がいっぱいいるよ。だから大丈夫。

二〇〇〇年　春

山本　文緒

# 文庫版あとがき

本書を書き上げた二年後、どうしたことか、わたくし山本、再婚してしまいました。急に決めた結婚だったので、友人知人に一人残らず驚かれましたが、一番びっくりしたのは私本人であります。念のため言っておきますが、できちゃった婚ではありません。知り合って二ヶ月の男性に求婚され、嬉《うれ》しかったので結婚を決めました。安直でしょうか。でも小心者故、こんな本を書いてしまうような自分に、安直なことができたことが、とてもよかったような気がしています。そして再婚してみて、自分には「既婚であること」が実は向いていると発見しました。

砦《とりで》の扉をちょっと開けてみただけで、こんなことが起きるとは。

恋愛もどき小説や、恋愛もどきエッセイを書くのが仕事なので、時折誤解されるのですが、何も私は年がら年中恋愛や結婚について考えているわけではありません。なので、血眼になって結婚相手を捜していたわけではないのです。私は自分に「一人で生きてゆく覚悟」をたたき込むため、本書を書いたのだと思います。しかしどうやら筆の力不足か、親しい人々に「もう結婚しないって本に書いたくせに、再婚するか」とだいぶつっこまれました。

いいえ、ですから。

「一人で生きてゆく覚悟」と「結婚すること」はまったく別のものなのです。それが言いたかったのですが、うまく伝わらなかったようです。

本書を書いた三十七歳のとき、できなかったこと、わからなかったことが、今（四十歳現在）いくつもできるようになり、わかるようにもなりました。反対に、できなくなったこと、わからなくなったことも、いくつもあります。

今、私は一人で外へお酒を飲みにいけます。猫を飼いはじめ、あまり気軽に旅行や外泊ができなくなりました。夫と知り合う前に、マンションも買いました。彼の方も私と知り合う前に自分の家を買っていたので、私たちはいわゆる別居婚の状態にあります。それがいいことなのか、よくないことなのか、正直わかりません。

「もう一人じゃなくなってよかったね」というお祝いの言葉をくださった方もいるのです

が、それもちょっと違う感じです。具体的に夫に助けてもらえることもありますが、心の問題は、再婚したって自分一人でなんとかするしかないのです。私も夫にしてあげられることは、とても少ないです。

自分を救えるのは、自分だけ。

それが再婚し、四十代に突入した私の実感です。

もう半分の人生の第一歩を、踏み出したばかりなので、今はまだ歴史らしきものはほとんどありません。だから是非ともお伝えしたいこともまだありません。できることならば、毎日の小さな出来事をビーズのようにつなげていって、何か形らしきものができるといいなと思っています。どんな色のどんな形のものになってゆくのか、今は想像すらできません。

でも近い将来、またこういう本を書くことができたらと思っています。

二〇〇三年　春　再婚一年目の日

山本文緒

本書は、二〇〇〇年五月に三笠書房より単行本として
刊行されたものの文庫化です。

# 結《けつ》婚《こん》願《がん》望《ぼう》

## 山《やま》本《もと》文《ふみ》緒《お》

平成15年 11月25日　初版発行
令和７年 10月30日　10版発行

発行者●山下直久

発行●株式会社KADOKAWA
〒102-8177　東京都千代田区富士見2-13-3
電話　0570-002-301（ナビダイヤル）

角川文庫 13158

印刷所●株式会社KADOKAWA
製本所●株式会社KADOKAWA

表紙画●和田三造

◎本書の無断複製（コピー、スキャン、デジタル化等）並びに無断複製物の譲渡および配信は、著作権法上での例外を除き禁じられています。また、本書を代行業者等の第三者に依頼して複製する行為は、たとえ個人や家庭内での利用であっても一切認められておりません。
◎定価はカバーに表示してあります。

●お問い合わせ
https://www.kadokawa.co.jp/（「お問い合わせ」へお進みください）
※内容によっては、お答えできない場合があります。
※サポートは日本国内のみとさせていただきます。
※Japanese text only

©Fumio Yamamoto 2000　Printed in Japan
ISBN978-4-04-197011-9　C0195

◆◆◇